骆驼草丛书

史光柱作品精选

史光柱◎著

华夏出版社

HUAXIA PUBLISHING HOUSE

图书在版编目（CIP）数据

史光柱作品精选 / 史光柱著. —北京：华夏出版社，2016.1（2016.8 重印）
（骆驼草丛书）

ISBN 978-7-5080-8689-7

Ⅰ. ①史… Ⅱ. ①史… Ⅲ. ①中国文学－当代文学－作品综合集
Ⅳ. ① I217.2

中国版本图书馆 CIP 数据核字（2015）第 294888 号

史光柱作品精选

作　　者	史光柱	
本书策划	舍岭道	
责任编辑	王占刚　　王秋实	

出版发行	华夏出版社
经　　销	新华书店
印　　刷	三河市万龙印装有限公司
装　　订	三河市万龙印装有限公司
版　　次	2016 年 1 月北京第 1 版
	2016 年 8 月北京第 2 次印刷
开　　本	720×1030　　1/16 开
印　　张	19.25
字　　数	255 千字
定　　价	36.00 元

华夏出版社　地址：北京市东直门外香河园北里 4 号　　邮编：100028
网址:www.hxph.com.cn　　　　电话：（010）64663331（转）
若发现本版图书有印装质量问题，请与我社营销中心联系调换。

目录

诗歌

散文

评论

后记

诗歌

我恋

我恋春天的翠绿——生命的象征

我恋夏日的火红——奔放的热情

我恋秋天的金黄——硕果累累

我恋冬日的洁白——纯洁坚贞……

正因我热恋四季的多姿

我的枪管才射出激情

我恋节日广场上的绚丽礼花

我恋春阳下人造湖的阵阵桨声

我恋洞房里甜蜜的絮语

我恋公园那醉人的清新……

正因我热恋生活的多彩

我才乐于忍受猫耳洞的潮湿

坑道的幽暗

我恋校园的宁静、实验室的芬芳

我恋孩子的天真、老年人的童心

我恋巍峨的大厦、厂房

我恋迤逦的海滩、山岭

正因我热恋大江南北

我才把火红年华

写进亏了我一个

幸福十亿人的

慷慨悲歌、壮志凌云

1985 年 6 月于上海

诗歌

手

南疆的炮火中

我看到一双卫士的手

硝烟里，化作呼啸的利剑

插入敌人心头

风火中，铸成奇妙的山峰

屹立祖国门口

我也有一双手

春天，轻轻拨动绿色的琴弦

秋叶，紧紧揽住金色的丰收
手，编织色彩，开拓道路
手，向着未来，搏击、奋斗

诗歌

爱情的砝码

不是不爱你啊，亲爱的姑娘

你看

那边的秀丽溅起血浪

硝烟下

小花凋零，小草枯黄

我怎能让嫩草失去翠绿

鲜花失去芳香

因而，在祖国与爱情的天平上

我毅然把砝码加到祖国一方

不是我读不懂林荫，纯真的姑娘

你看

那边的狂风砍断满天的阳光

乌云里

雷鸣电闪，雨暴风狂

我怎能让清晨失去朝霞

田野失去金黄

因而，我放弃柳荫絮语

把不幸和痛苦扛在肩上

啊，姑娘

美丽善良的姑娘

你看

山与山正在角斗

水与水正在较量

这不是一个人的战斗

而是一代人的交响

我也是其中的一根琴弦

弹奏着同样的高亢

因而，我才离开

荷塘蜜语、花丛小巷

奔赴那血雨腥风的杀场

1985 年 5 月 7 日截稿

诗歌

木棉花的回忆

木棉花开了

妖艳、芬芳

记得那一天

你抿嘴微笑

羞赧的脸庞

就像那红红的木棉

你摘下一朵小花

娇嗔地对我说

这是咱俩栽的木棉

它开花了

我轻轻接过小花

把它戴在胸前

从此踏上

硝烟弥漫的战场

而今

我戴着勋章

拄着拐杖

归来在

繁花盛开的木棉树下

等你，久久的

但我们没有重逢

你走了

默默地

没有对我说一句话

忘记了木棉树

也忘记了

这朵血染的小花

1985 年 6 月 13 日书写

诗歌

我是军人

军人啊军人

从军的荣称

钢风劲气熔铸一生

尽管我只是

风云的缩影

但我的热血

能化石成金

化石成金

军人啊军人

天地的忠魂

铜墙铁壁贯穿终身

尽管我只是

风雷的化身

但我对和平

一往情深

一往情深

我是军人

我是军人

刚毅是灵魂

牺牲是本分

我是军人

我是军人

舍己震军威

忘我壮国魂

1995 年 7 月修改

诗歌

阵地

阴阳相克的两极

维纳斯与魔鬼的对弈

是死亡游戏

死亡来临的时候

红舌头一卷一缩，一缩一伸

你不想撞他

他寻机撞你

有时觉得他占据全身

只耳语一阵

或者只带走生命的某部分

——阵地啊

最狡猾的是偷袭

最老实的是等着火烧的野草

最耐不住寂寞的是枪口

最不安分的是心

最痛苦的是眼睁睁

无力救、也无法救

最浅的是伤口

最深的也是伤口

比伤口深的不是井

不是海，不是苍穹

而是血泊中回望的最后一眼

1986 年 3 月于深大

诗歌

兰花，蓝色的情丝

在淡淡的坑道口

有一缕纤细的兰花

像浩瀚的沙漠

站着一株茵茵的生机

每天它与啸声共存

与月光梦寐

蓝色的生命

摇曳片片蓝色的情丝

它承受了罪恶的鞭打

暴虐的蹂躏

也目睹了壮丽的灾难

血染的伟绩

钢髓的意志

解开了一道道硝烟的诅咒

倒下去，交叉不少的悲喜剧

挺起身，一夜经历四季雨

即使连根抛在空中

一沾地面

就会迅速地长出馨郁

在它叶蔓的舟子下

任何灼浪的拍击

也是无力的喘息

烧焦的斑点

记载了许许多多残酷的事实

它纤细地放在坑道口

放出沙漠勃勃的绚丽

像一只捻不死的蝴蝶

沐浴阵地

战士弯弯的足迹

诗歌

眼睛

刚懂事时，我问妈妈

村庄有眼睛吗

有，是井

山崖有眼睛吗

有，是长长的裂缝

我眨眨眼睛，又问妈妈

天，真的有眼睛吗

有，它哭着的时候

又是大雨，又是雷鸣

还有呢

还有船的眼睛是倾斜的桅灯

沟壑的眼睛是深陷的岩层

海的眼睛是突起的岛屿

大地的眼睛是网状的路径

诗歌

你走了

你走了

走得这样匆忙

如同早晨的露水

滋润了满地的花香

那么自豪，那么坦然

大踏步地

融进黎明的曙光

你走了

走得那么顽强

手指依然扣着扳机

微笑还留在脸庞

带着斑斓的憧憬

带着缤纷的向往

那天，你曾说过

要用战士的英勇来完成

人生的志愿和理想

啊，你走了

走了

走得这样悲壮

这样匆忙

未寄出的家信还紧贴着

流血的胸膛

诗歌

墓碑

如果没错

一座座静默

是一节节

一段段

站立的黄河

它就不会无声无息

对吗，祖国

它会拢目凝神

登高望远

会波峰浪谷

奔腾激荡

会护月守阳

孕池育港

也会载舟覆舟

穿城越巷

诗歌

塑像

我走过那棵

被风修剪过的树旁

有一双僵硬的胳膊

冰凉地搂着

一对冻僵的白鸽

这尊塑像

像伟岸的泰山

矗立在我面前

我陪着我哭泣的心

用颤抖的手

点燃一根"中华"

衔在他的嘴上

弥补他十八岁的遗憾

1987 年 10 月于深大

诗歌

合上这组悲哀的镜头

走进焦土

一只婴儿的小鞋

被剥尽叶子的枝高高挑起

仿佛寒光闪闪的刺刀

挑着一枚小小的头颅

橘黄的绒发

一次次迎空飘散

又一次次被风裹住

还有残肢

还有断臂上的衫裙

这绝望的旗帜

在践踏中伸着长长的乞求

我合上潮湿的睫毛

合上这组悲哀的镜头

似乎听到向日葵落地的哀叹

听到橡胶林几株海棠的哭诉

凶手被当场击毙

可凶手的背后还有更大的阴谋

灾难的伟大

常成为一群人的格言和风流

是谁朝天射出一串悼词

击中沉默

是泪水，是愤怒

是满脸铁如青铜的战士

把生命下了赌注

那只小鞋像一轮冷月

挂在心头

诗歌

阳光一点

又一批山林遣散

引出一个沉重的话题

赔不赔付、何时赔偿

赔的是阴债还是阳债

断流的小河明白

既然都已过去

何不阳光一点

阳光一点

云开雾散

阳光一点

健康不远

融入城镇扩张的今天

你可以纵容欲望

但不能迷失方向

可以抛空昨天

但不能透支未来

阳光一点

蓝天不远

一座山的倒影

不足以推翻明镜高悬

如果阴影

就在你面前

一定是更高的山

挡住光线

只要调整姿态

你会看到太阳没有沉沦

在水那边

阳光一点

太阳不远

夜色是地球的影子

黑暗是人类的反面

摸索行走

也是穿行

爬行了几千年的长城

不也在天安门广场

昂首站立

不信，你看英雄纪念碑

阳光一点

峰回路转

山高水长

没有过不去的沟坎

挫折是帮你

成长的一只手

苦难是播种坚强与

智慧的另一土壤

既然连死都不怕

还怕活吗

生活还得继续

每天都有新的太阳

至少还有星光点点

我曾在路边

指责一双翅膀软弱

却意外发现

山崖上的寒梅开了

梅，不是阳光

却开设阳光专栏

那花开遍视野

红透万水千山

火柴也是阳光的代言

跟摩擦层

亲热相交密切相处

如果你是我的火柴头

那会碰撞出

多少青春火焰

点燃何等美妙时辰

如果你是

理想和事业的火柴头

又会激起多少热望

掀起何等火热场面

爱就是这样开始的

阳光一点

魅力无限

你可熟知豆蔻起源

情是无形红豆

红豆是有形情缘

如果未曾见过

你看天上的太阳

那是我今生遇到的

最大的痴心子

你的痴心在何方

是南国风情

还是北国草原

想要蔚蓝先做太阳

想要空间孕育翅膀

生命阳光才能给人阳光

心存高远

空间广阔

任你飞翔

阳光一点

风采依然

阳光一点

捧出笑脸

阳光一点

星火燎原

就这么一笑

就这么燎原

你已将

妩媚与精彩带给人间

阳光一点

信心重建

阳光一点

美丽再现

阳光一点

光明不远

就这么明澈

就这么点点

你已创造灿烂与温暖

诗歌

干杯

干杯！干杯

跨越军规只一回

趁出征的森林还未卷起

旋转的风

趁飞云盖顶

有暂时的安宁

干杯！干杯

无需眷恋挥动的青柳

无需躲避女人的雨季

你看黄昏正悄悄地离去

带走一个神秘的暗示

来吧！把一年的酒斟完

不，把一生的酒斟完

喝吧

用钢盔作为壮行的酒杯

才是军人对生命

最完美的礼赞

自从衣领长上红峰云

战士的头颅

便交给时间

诗歌

营门口

红日跳动

在天海交接处

她站在送走他的营门口

寻找那张消瘦的脸

期待的目光

看着载满凯旋

载满阳光的军车

驶进门口

几辆插着茶花

几辆插着兰草

几辆什么也没有

带着冷风从她身边掠过

掠过那棵路边的白杨树

她站在营门口

站成一尊宇宙间的"望夫石"

望着灯光

望着空旷的大路

1987 年 9 月于昆明

诗歌

水兵爱之二

水兵的爱

从小舢板开始

后来购了几艘济远

只是羡慕于人的嗜物

望而生叹的摆设

鸦片战争

不只是水兵的灭顶之灾

也是带着血泪的奋起

经过漫长的洗刷打磨

水兵的信念逐渐壮大

迅猛提升

近似航母的看家本领

水兵意志坚定

爱得坚决

如同驱逐舰、核潜艇

气度不凡

我见过水兵

东海出巡

起风，劈波斩浪

风止，海花似锦

水兵的爱

狂放而又细腻

海有多宽情有多远

水有多满爱有多深

细腻得精确到岗

不只导航定位

倾斜有幅度

观察有角度

看问题有深度

行为有尺度

吃喝拉撒、分秒数控

遇上攻防训练

迅猛快捷

静，只见影子

动，惊涛骇浪

神龙见首不见尾

小河沟没有水兵的爱

如有，也是千水汇聚

海纳百川

天鹅湖也不常去

那是候鸟栖息地

如去，也是丑小鸭

变成美天鹅

他们青睐深水港

爱得赋予吨位

动力十足

也在浅水湾

滩头补给

海岛救助

也许

你不认识水兵

如果了解塘沽炮台

虎门销烟

你会理解水兵为何

爱得深沉、爱得浓烈

推崇居安思危

信奉经度、纬度

所走的路

不是陆路、天路

而是灯塔航程

底色，天蓝地蓝

别的色彩交织辉映

只要一种结果

——精彩

水兵的爱很柔

柔若海水烧不毁

水兵的爱很刚

刚若时间砍不断

水陆相交

天海相接

水兵在哪里

爱就在哪里熠熠生辉

诗歌

战争

闪电将一个殷红的烟头

按在大海碧绿的胸脯

疼痛使它遍体久久颤动

在急骤的惊恐中

扩散的烟雾

夹杂着一种异常的腥气

1989 年 6 月于深大

诗歌

坦克人和他们的坦克

坦克的歌

在于对拉

而不是自弹自唱

坦克人的舞蹈

像他们的坦克

戴着脚链

舞步铿锵

坦克人的梦

坐在

坦克里、目标上

地上与天上

坦克人的坦克

只有两种炮

一种钢铸铁打

有声有色

一种是电镀的

炮管很长，无形

坦克配上刺刀

像多兵种的攻防转换

充满魅力

它是硬茬子

急脾气

有它的语言和个性

温柔时

任你蹬跨坐骑

急红眼

风声鹤唳、啃铁嚼石

我不是坦克兵

但我参加过集结对抗

那不是普通演练

而是

信息的暗礁、急流

铁齿钢牙的

吞云吐雾、翻江倒海

翻开历史

它的出现

让兵器谱注入划时代

它不是

海中龙、空中魁

确是深山虎、平原狼

是车中王、炮中神

是流动的阵地

运动的城墙

移动的

碉堡、战壕和指挥所

当今的铁甲龟身

谁最硬邦

看看，被扒光

衣服的地区便知

如果铁甲

不只包含军事

会有多少

改头换面的

轻型和重型

冲撞东、西方的心神

它是强硬派

谁有实力

谁做坦克

其余的

只能是尾随的运兵车

或者沦为街头的

阿 Q、王婆

跟它打交道多了

你会得出一个真理

手上没劲

别掰手腕

不然，掰不倒对方

反被扭伤胳膊

掰不倒对方

脚踹肘击

手上没戏

脚下有活

战无定式、谋无常规

如同红外线

增援瞄准镜

电磁波干扰接收器

我熟悉的坦克人

玩的是铁

操作是钢

学习是铁

运用是钢

承受是铁

担当是钢

春夏秋冬

磨炼出钢铁意志

连说话办事

都有

坦克和坦克炮的气质

他们崇尚的

不是小桥流水

不是花开几朵

叶青几时

而是花分两枝

一枝只结胜利

另一枝结的是恶果

他们一路走来

驾驭的不是青春

而是坦克

还有走向

还有持续的动力

凝聚力和战斗力

还有未来与科技的关系

一个个已经超越

或正在超越的制高点

诗歌

班长

没级别的级别

不记名的首长

别看他职小位低

小到针线包

大到规章制度

每天，摸爬滚打

吃喝拉撒样样涉及

他是品外品

位中位

是卒上卒、卒下卒

是前锋、后卫

是士中王、兵之母

任何从军的人

不经过他的流程

士不成形

人不成气

官不成样

他是标杆、与他看齐

是领头羊、以身作则

是模具、复制样本

是枝叶花草、阳光星光

绚丽多彩，又——

说不出它们的名字

我的班长是云南人

有着鲜明的高原特色

说话做事

山一样直露

江水一样湍流跌宕

他说：部队是炉

不是染缸

不要有点颜色就开染房

人已投入其中

就别再想是不是太阳

不经炉火

哪知优劣差距

不经冶炼

哪有铁壁铜墙

是钢

就有钢的品质

是铁

就有铁的含量

既然同火同炉

就得同热同冷

同煎同熬

就得你中有我

我中有你

别只惦记

自己的那一亩三分地

如果一个整体

是把枪

人人都是协作部件

如果一个班

是只鸟

大家都是肢体五脏

班长和副班长

是头和翅膀

鸟无头不飞

枪无子弹空忙

再小的单位

也五脏齐全

再小的细胞

也有它的作为

再小的鸟，都有

托起自己的翅膀

再小的翅膀

都有天地翱翔

诗歌

硝烟

蜿蜒在地上爬行

在空中游动

它是怪头蟒、响尾蛇

被咬上一口

太阳也在驱毒疗伤

它是恩怨交织

利益打磨的

赶山鞭、索命网

对个人打的是死结

对国家却有一线希望

它留下那些残缺的躯体

兑现日月星光

它是超越时空的枷锁

是穿越族群的捆绑

是生与死的交易

血与泪的赔偿

我厌恶它、诅咒它

却从不忽视它的力量

所以我力荐随机应变

泰然处之

蔑视野蛮与挑衅

力荐云不分国界

爱不分国土

主张树与树相伴

星与星相望

主张工人责任制

农民责任田

而人民解放军肩负的是

九百六十万平方公里的

宁静与安详

和平

只有和平

才是民族最深沉的大爱

最慷慨的大义

才是军人最高的荣誉

最大的奖章

诗歌

穿越

山是普通的山

因边关焦点

将形象持续推高放大

几年后

话题沉重

急转直下

光环散尽

恢复它原有的地貌

我陷入其中

随着热胀冷缩

掀起和跌入深谷

滚落的山石

砸断我的脊骨

这不是我第一次负伤

多年前

也在同一地点

在有形的疆场

无形的火坑

被按在命运的案板

刀砍斧剁

如同对手也落入

煎炸油烹的锅里

这是斗牛式的屠宰场

他们是屠夫

也是挨宰的对象

我们是豺狼

也是羔羊

那个十七岁的小山东

在穿越生死线时哭了

但他没有退却

就在那棵

连根拔起的树旁

好几个

十八九岁的云贵川

点燃血性的火焰

刹那间

空气撕裂

火光冲天

分不清谁化作灰尘

谁走进烈火中永生

谁是火炬

谁是人体炸弹

我从昏厥中醒来

世界被一劈两半

一半是黄昏之前

一半是日落之后

摸索许久

这才发现

我已陷进终身的黑夜

命运关闭我的双眼

我却用心去追寻光明

尽管我被

拆卸得七零八落

扔得一路都是

但我一直从

蚂蟥的嘴里

夜莺的爪下

争抢着灵肉

投入生命的重建

从那时起

我便在山中

开始一生的跋涉

也是从那时起

我拖着残缺的身躯

用倾斜的人生

求证生命的不等式

用硝烟熏烤的肢体

努力做着

没有硝烟弥漫的事情

虽然残疾

出乎意料

渗透我生活的方方面面

虽然道路曲折

荆棘丛生

但生活还得继续

诗歌

生活 衣服

突然的荆棘撕破衣衫

风吹来，破口两边

相互指责，扭打在一起

昨天，还是

密不可分的朋友

今天，便

反目为仇

生活多像衣服

撕开可有替换

缝合可有针线

岁月穿在身上

体会冷暖

人不是衣服

身心却要御寒

如果身心撕裂

我拿什么去补

我拿什么当针线

是真情阳光

还是星月飞针走线

补丁打在路上，是

脚印

打在沟壑，是

桥涵

打在海上，是

岛屿、航灯

打在悬崖、断壁，是

锈迹斑斑的壁画，文字

心上的补丁，是

白发慈爱

还是某段寒冬情缘

山水也有补丁

补的是边贸

还是口岸

山脉对峙之前

口岸并不锁边

也没有铁打的纽扣

钢铸的袖管

衣服不是疆界，

可多像疆土

如果疆土撕开口子

要多少人填进去

我和我的父兄填进去

他们和他们的姊妹填进去

昨天

草木还在血腥争斗

今天

便已破镜重圆

这边、那边

山水相依

共揽一湾和睦

我抚摸界桩，如同

抚摸着亲手缝钉的针脚儿

昨天，今天，一字之差

却包括了多少内涵

阵地也是补丁

补的是死亡还是和平

有人说

这是，护身符、救生圈

也有人说，这是

追魂令、索命链

如果追魂

追的是谁的魂魄

谁的躯壳

如果是生死牌

是发放给山水

还是云彩

我见过瞬间的枯萎

永恒的凋零

那不是一片叶子的热血

而是酷似

秋风扫林的刨荒

信念与信念肉搏

意志跟意志对决

高尚与卑劣同在

救助与劫杀并存

拼杀与争斗，是

一个问题两种表述

如同输赢叫作胜败

智慧叫作诡诈

捐躯也叫阵亡

至于功过得失

经典范例

以及肩上的相思豆

那是后人的课题

而在这里

撕裂的

不只是树木、不只是空气

埋葬的

不只是纸鹤、不只是月圆

我不大适应

这种刺鼻的场所

交代一件事

常要眼泪作陪

所有人都在人兽转换

生死突围

你可以不问

是何烧焦

殃及何物

但不能不做

绷带所做的事

多年后

有人并不顾及别人的炎症

迫不及待

在落实到户的伤口上

绣上鸽子、橄榄枝

当这边和那边

随手相握

也就宣告一个年代死亡

那个季节

似乎什么都没有发生

成了杂草丛生的断代史

伤痕绣上鸽子

就能春风化雨

鸽哨阵阵

如果绣上蓝天碧日

还不从此没有黑夜、乌云

这种小孩儿的戏法

在大人那儿

玩得一身劲

难道想要青枝，不可亲手栽植

想要鸽子，不能垒窝筑巢

别总是寄予庙门

拿着伤疤当祭品

一旦天地撕裂

还有没有日月针线打牢

还有没有女娲补天

后羿射落灾难

我抚摸着墓碑

如同抚摸着

戳在大地上的绣花针

针刺穿什么

野草和蜘蛛网

比我清楚

都说生活花样翻新

补丁

永远是对美的歪曲

不，不都是这样

推新只是除旧

琳琅满目

也只增加选择途径

时髦与时尚

不只是量的堆积

纵有千种款式

也不能忽略质的量身

如果生活真是衣服

那也是

一人有一种穿戴

一人有一种风姿

一个时代有

一个时代的缝补方法

不是每条撕裂

都无法缝补

不是每次缝补

都留下针脚伤痕

不是每道伤痕

都把生命丑化

而没有力的浓缩

与美的几何结构

诗歌

活着，但请记住

（一）

由小小摩擦

到枪口大动肝火

遥远的异乡人

携絮状、涛状火焰

涉入

光和影

生和死

人、橄榄树、灵魂

弹药和军犬

只有战火分不清

这是网

战火深刻的背景

是让夜富于象征

鸽子富于内涵

蓝天和阳光

富于不可争辩的信念

准星崩断了

地球所有的经纬

愈合伤口

需要怎样的

忍耐和时间

(二)

灯和海的梦境

被火焰吮成废墟

美与钢铁相撞

揭示了

维纳斯断臂之谜

重病的地球和一只

惊恐的翠鸟对话

惨淡的生命

握有春暖花开的理由

一个人

受到一朵花的鼓舞

接着是一批、一片

成群结队

总有这样的人

割断了双腿

还誓死捍卫道路

总有这样的人

枕着大地睡去

长成醒来的树

苍翠欲滴

多么宁静的肉体

有时只用自己的绿色

轻轻絮语

从——

最高的山峰

传来了声声

——"和平"

（三）

沿着曲折的风云

沿着深层的心思而来

像几年前

加入扑火的行列

冷却的枪炮声

酿成一杯杯

更滚烫的名字

更浓烈的情谊

我高高地举起

那种，人将死

心，豁然开朗的感觉

使我和山同在

和征途同在

可我未曾想到今天

就连

自己的目光碎在哪儿

面对面的遭遇之地

都辨认不出

也许被燃烧的冰雪

融进了土里

也许那顽强的路径

爬到另外的海

另外的陆地去了

在这片土地上

这片像地雷一样冷静

爆破筒一样

坚决的勇士之地

如果我也

跟着别人随意假设

每棵松枝都会变成

刺向我的刀子！

我真想

睁开眼睛看看现状

看看我落在

地球上的眼珠

究竟变成草尖的露珠

还是两粒孤独的石子

曾经爬过的山

以光秃秃的凄凉

期盼绿森林

曾经淌过的溪

呼唤着逝去的甜美

我留在黑暗里

尽管我想

看看我的玫瑰屋

玫瑰人是什么样子

我留在

光明的意念里

把色彩献给爱我

像爱原野的人们

我留在黄昏里

不是为了彷徨

而是为了心中的木棉

尽管战火

没有因为我的勇敢

改变它的主张

就像落叶年复一年

听不到我的感叹

我依旧残缺不全

但没有坍塌

用顽强的手

握紧蓝天的开启

握紧一缕缕追寻的

瞳仁里的光辉

(四)

信念忠于心灵

像乳泉忠于老井

自从那群年轻的坚贞

走入那个黑夜

就再也

没见他们走出来

有人说他们走到天上

投身闪亮的群星

但我更相信

亲眼目睹

他们化入

煤层的一闪身

黑色的酝酿

黑色的燃烧

大块大块地挖掘

推广火种

推动大小车轴

驶向流线型的站台

那群年轻的坚贞

蓝宇、蓝海

蓝帆、蓝幻梦的坚贞

超克拉的性格

珠翠闪烁的年龄

黑色的地热

通过地壳

传递季节的能量

（五）

翻动的脚步踏进

记忆深处的那部分

群山集结

投向闪电的埋伏

人们的眼神

因摆脱绝望

刹那间

发出矿石一般的光泽

群雕出现了

出现在广场上

出现在站起的长城上

牵动着大地的

纬度和光明

能理解这一切的

未必都在歌唱

如果群雕只走入广场

而不走入人们心中

如果走入人们心中的

只是拼杀的姿势

而没有舍身的形象

再高大的塑造

也只是躯壳

也只是自塑自像

自弹自唱

握枪的人只懂得射击

草叶也会

割断他的手指

（六）

给我一束光吧，太阳

阴雨天多了

要把五脏六腑

掏出来晒晒

这是脉跳的需要

真诚的种子

被厚厚的岁月埋住

也压在我心里

那是荒芜时的启迪

怀着忠诚的渴望

摸索而来吧，太阳

面前的峡谷

是赤裸的峡谷

那棵光溜溜的松还在

指着天空

好惨的断崖啊

连同清晨

一起被火烧焦

我问身边的几对情侣

看到了没有

他们终于没有看到

那一声呼喊祖国

大美至死的呼喊

今天我用它

描绘生活的轮廓

用它判断我脚下

准确的位置

面对一沟沟、一梁梁

响当当的名字

重归焦土地

已不是焦土

我体验着阳光的交易

星月的边贸

体会着和平的口岸

有过火舌的开头

握手的结局

枫叶一样的红

从僵持到融化

从争夺到和解

走了一段曲折的回归

活着但请记住

根入土也入心

云入天也入地

死挡不住生

如同来挡不住去

冬天的价值在于春天

战争的目的就是和平

重走焦土地

雾，还是山中雾

每个太阳都是新的

山青青，草青青

卧魂青青

诗歌

心上的橄榄树

小片小片叶子
散发小片小片忧伤
小颗小颗果儿
摆动小颗小颗惆怅
小只小只鸟儿
轻唤小朵小朵阳光

诗歌

扭曲

巨大的撞击

引发东西南北冲撞

外压与内抗

扭曲了和谐的形象——

一炷炉烟扭曲地摇晃

一条岸扭曲地延长

一座山脉扭曲地支撑

一汪大海扭曲地振荡

走进生活

一个世界扭曲地压缩

一盏灯扭曲地发亮

一份爱扭曲地接受

一朵花扭曲地芳香

一段历史扭曲地填改

一声号角扭曲地吹响

一件官司扭曲地打着

一条真理扭曲地传扬

一弯小路扭曲地宽广

一首歌正在扭曲地传唱

诗歌

还是做粒种子

不要把自己当作金矿

幽寂地躲在深山

伫候勘探者的足音

金子固然能做成

宝光珠翠

可从来就是别人的饰物

还是做粒种子

哪里埋没

就在哪里倔强地站起
别有一番花果的甜美

诗歌

如果命运不安排你做花

不要为

登不上枝头哭泣

想做花朵

先让自己

林木般静静地伫立

花有花的舞台

叶有叶的韵律

枝上有

枝上的抛雪飞冰

枝下有

枝下的春风细雨

如果命运

不安排你做花

那就平地做一方葱郁

稻穗一样开天

麦苗一样辟地

不求一生长短

但求，用生命的足迹——

这一腔挚爱

灌注着无垠的天地

诗歌

格内格外

阳光的粉手

抚摸花季鹿角

我在密林流连

不知早已深陷

为我准备好的沟壑

山水是

记录岁月的草稿

印着梅花鹿的故事

鹿腿的跳跃

是弹奏月亮琴的手指

爷爷在

祖辈圈定的格内

弹拨他的教诲

父亲又在爷爷划定的格内

篆刻着他的音容

轮到我，依旧

摆脱不了格内的命运

一手给成长撰着草稿

一手为生存

奏起月亮琴音调坐井观天

那是后来的发现

最初的想法

只是在空白处留下潇洒

知道庄稼苗换了数茬

我才试着用

酒葫芦储存的寂寞

酝酿成破茧的叛逆

格边框定上辈的行为

也修剪掉晚辈的丫杈

我几次冲撞

也没跳出格子

只能硬着头皮

聆听父亲的语重心长

格内的事格内解决

终于有一天

在父亲酩酊大醉时

我绕开他的监视

跳出格壁

那是今生最出格的事

我逃过猎枪的追捕

鹿角的血随着向后飞溅的尘埃

一路飞飞洒洒

而深处那样陌生的位置

却又是如此的熟练

我只是重新坠入另一个格子

继续在格子中徘徊、挣扎

生活就这样

从一种定格

到另一种定格

从一种计划

换作另一种计划

从一种定式

突破另一种定式

从一种升华

上升另一种升华

格内格外

不断跨越

不断填写梦的痕迹

诗歌

输球之夜

输球之夜

我醉了

仰面倒在地板上

倒一桶冰冷

扑灭一场无名大火

输球之夜

我们都醒着

风砍着明月里的树

沙滩上

有朵鲜花抽泣

输球之夜

那个被世界公认的

有可能获诺贝尔奖的

中年教授

突然心脏病发作

死了

输球之夜

地铁和公共汽车很空

输球之夜

一方还在交战

另一方还在下雪

舞厅里

充满了挑逗的视线

建筑工地的灯

依然亮着

输球之夜

教练和队员

没有说一句话

只是紧紧地握了握手

输球之夜

朋友说是输在技不如人

我却拍着桌子

这根本不是问题

而是输在技能背后

输球之夜

有人将鞭炮

狠狠摔进下水道

声嘶力竭地高喊

我们还要等多少年

中国还要等多少年

输球之夜

我们面面相觑

把目光移向孩子

诗歌

抖一抖枯枝

陷进不该陷进的沼泽

肩膀明白

再沉重的头颅

也要坚定地将它撑起

既然你我是山川神韵

田野水彩

何不抖一抖枯枝

让黄叶全飘下来

不吝啬风干的果实

不叹息逝去的岁月时代

冰山正在消融

深川依旧飘落残雪

漫天飞舞

拥抱着阳光下的世界

既然你我同处生活底层

森林的边沿

既然人生一季

庄稼一茬

既然我们和大地的命运

息息相关

就不怕冬雪寒风的收割

开山耕犁的磨砺

抖一抖枯枝

抖一抖春天的信息

寂寞全飘下来

连同希望

堆积成新生的腐殖土——

生命从不拒绝新陈代谢

诗歌

寻声

是窗动花影的时候了

就在昨天

腊梅探头的时候

忽听院外

似你的声音

我春风扭身

被门撞了回来

这才想起

已不是当初的蓬莱

蹲在地上、揉着创口

方才领悟

你的名字叫疼

疼我的疼，是吗

其实

疼死人和死疼人

是一套房子两间屋

一个故事两扇门

红树

开不开花我不知道

我只知道杜鹃开了

义无反顾

人啊

走过才知

门中门、门外门

亮门、暗门

生门、死门

才知什么叫

门撞我、我撞门

撞开是一番天地

撞不开又是一番天地

才知愣愣神

自己的疼处自己揉

沿着来路边走、边喊

仿佛狼嚎的回声

却不是对方的回应

今晚的花还开吗

是开在

紫薇楼、青松斋

还是

荔枝园、红豆林

或者开在

寂寞桥头、夜明海滩

我守着你

像滨海守着梅岭

你开你的风骚

我布我的风景

猛然回头

竟不是这样

原来从一开始

你便占据我的心头

每片落叶飘落耳畔

每朵芳情

牵动我的神经

每天的太阳从未重复

而是新的

每晚的望远

都梦想无限

我走向你

像撩起低头的嫩枝条

让我在那个

万物萌动的季节

听懂花开的声音

目睹花开的羞怯

领略花季

多思、多虑

多枝头、多颜色

还是那副丑小鸭的打扮

我在你的身前

追风踏浪

你在我的视野

捡着珠贝

这滩、这人、这浪

水碧天蓝

连着远山的注视

近海的凝望

入心，入梦

令人摔伤也美好

不摔伤也美丽

伤心也动人

不伤心也动人

诗歌

崇高的爱

—— 一个姑娘的心声

情泉

像岩浆一样

从心灵之窗喷涌出来

淋湿了我的长发

温暖了你的情怀

那一汪灼热让春天永存

战火

夺走了你明亮的眼睛

但还有我一双闪亮的星星

星光里凝聚了真善美的赤诚

我要将那永恒的光

送入你纯洁的心灵

是你的心血

染红了片片彩云

满腔热血

洒满了胜利的足印

我要缔结串串欢乐

填平挫折与艰辛

啊，亲爱的战士

你对祖国有多少赤诚

我对你就有多少忠贞

你对人民有多厚的爱

我对你就有多深的情

来吧

无畏的战士

让我做你生活的拐杖

伴你前行

伴你出征

诗歌

我没有失去眼睛

我没有失去眼睛

我没有失去眼睛

在人生的道路上

我青春的脚步是不停的车轮

在生活的激流中

我双手牢牢擒住命运之神

我没有失去眼睛

我没有失去眼睛

因为我有一颗忠诚的心

心中有一盏明灯

在风浪与黑暗中

照亮道路

引我勇敢前进

希望之火

焚毁一切悲观的森林

只留下

我在风雨和泥泞中的脚步

虽然，我把枪交给了战友

把阵地交给了同志

但我仍然是一个坚强的人

我已拿起笔杆

描绘这

教室的宁静

工厂的沸腾

农家的欢乐

士兵的身影

我的笔尖在飞行

一句句，一行行

迸发出生命的热能

我没有失去眼睛

我没有失去眼睛

我的心中一片光明

祖国的山河

依然是那么秀丽

祖国的太阳

永远是那么年轻

诗歌

啊，祖国

一次次涌起的潮

没有无缘无故地退却

也没有无缘无故地腾起

每片浪涛的背后

都有深沉的背景

祖国，我前仆后继

波澜壮阔的祖国

你泰山般的头颅

长满了千年的渴望

你千年的历史藤蔓交错

从你眉间碾过的日子

种下许许多多期待的故事

每滴如鸽的露珠

都是绿色的暗示

祖国，我生机盎然

厚积薄发的祖国

星空的旅游图

如你草深林密的岁月

我深邃的目光

蜿蜒在你心髓之谷

五千年的长河

贯穿沉淀与融合

贯穿曲折与探索

我带着含泪的微笑

接受你厚重的爱抚

祖国，我千水百汇

海纳百川的祖国

你是我的支点

是我的漂泊

是我的巍峨

也是我的辽阔

在你复兴的路上

我有诗经的细胞

但已不是诗经

我有楚辞的血肉

也不仅仅是楚歌

我是你的储备

是你的力量

是你的扫描系统、传导结构

你铿锵的脚步

飞动着我每天的拼搏

啊，祖国，我激情澎湃

勇于开拓的祖国

诗歌

风啊

风啊
你轻轻地吼
不要把淡淡的回忆
淡淡的思恋
赶出我心灵的窗口
风啊
你慢慢地走
不要把弥漫的硝烟

纷扬的尘土

带往宁馨的小楼

远方有双期待的目光

已等我很久很久

哦

风啊

信的翅膀

我的心是张邮票

快贴上去

捎上那枚属于她的军功章

散文

春天，我的春天

　　我最后一个用眼睛看到的春天是被疯狂的绞肉机绞碎的，春天淌着血，连同那天的太阳一起绞断。留下一条根，深埋在岁月。那是 1984 年的事，至今已整整二十个年头。往前一年，春天是和平的橄榄绿；再往前一年，我走在滇东老家的山道。父母送我入伍，出门有爹送，回家有娘疼是春天。路边有青青的麦苗、棕榈和灌木林。青春的萌动、花开的年龄是春天。翻过山冈，便看不见了我熟悉的木屋和炊烟，能让我爬上山冈，回头再望一眼的眷恋是春天。那年包产到户，我十八岁，十八岁和包产到户是春天。

春天不是一捧绿色的山羊胡，不是一粒金扣扣在树上，不是一腔童真的嗓音，牧歌悠扬，它是无数只放大数倍或者几十倍的，类似羊头的山嘴翘起的胡须。是青藤伸懒腰，篱笆竖青耳，木楼生燕语，嫩枝条扯起水雾，迷惑阳光。

花不标价，草不打折，那时的春天没有商家炒作的痕迹。伸进树丛的牛头、羊嘴告诉我日子香甜，啃嚼鲜美。一张慈祥的面容从天涯海角如期而至，它掏出钱褡子，传播慈善、慈祥。一枚枚类似金币、银币的东西，从山湾、地湾冒出来，从野茅草返青的沟崖露出来。这时我总在想，城里的春天，大厦装不下吧？不然，为何城里工作的人回乡探亲，脸上都泛着红光？立交桥向四方炫耀，现代化进驻山乡。可霓虹灯跟油灯的距离越拉越大。我托着腮帮坐在灯影下苦思：什么时候大山不阻断遥远，我也把牛车上的梦搬到汽车上。生日有红烛，天天有饼吃，可能春天进家了吧！外婆跟我说，如能一天从鸡窝里捡两个蛋，你的春天也就来了。石榴树露出腼腆的神色，抛出红绣球招引我忧郁的眼神，春天是家里买了一包盐，不用再吃淡菜，是季节熬出头，说是苦尽甘来。

狗尾巴草穿花衣服是春天；蒲公英凑趣、闪出身、向路人报幕是春天；野羚羊、野兔毛发亮闪，有劲头做爱是春天；老地疤长新肉、添新喜是春天。这个季节，谁最尖刻——草尖儿，谁最淘气——春风，谁的腰肢最细——链子草，谁的嗓音清亮、声带最长——溪流，谁最高兴——布谷鸟和油菜花一样招眼的秧子，谁的嗓门最大——是村长大块头。他把开春的调门起得很高，前年生产平均亩产翻一成，怕一人一米的公益路完成不了，他一天骂了好几次脏话，像牧人骂羊，赶车的人骂拉车的马。布谷鸟听不懂村长的骂语，照常跟啄树的啄木鸟竞赛。山谷空鸣，我带着红嘴壳绿尾巴的期待策动放飞，像别的伙伴跟我讲，跟秧子说："收成上来，到城里走一趟，看看农贸市场要不要干货。"她一针一线缝着槟榔树的影子，缝着苦荞果熟了的希望。我跟她坐在忘却自己的地方。

春天，何止大地蒸蒸日上，青麦苗、暖阳坡，它还让汉子们将缩在衣领里的脖子伸直，起早上山，让女人们拉家常时不只嬉笑，还看山色。耕牛和我们的腿脚没闲着，担子压在人肩上，愿望长翅膀。一个被贫穷剥夺书本的女娃，接过爷爷挖药材换来的学费，朝房头登枝的小鸟招招手。

春天来了，根的愿望得到伸展，种子跟苗床说着喷香的悄悄话。冷漠的土地找到掏心窝子的人，痛快地宣泄着压抑已久的情绪。老蛇盘算一季，把猎取目标瞄向刚出壳的小山鸡。半途杀出一只尖头尖脑的狐狸夺走老蛇候了半天的美食。孩子们有了玩场，破口鞋成了打老鼠脸的锐利武器。穷山沟的孩子总能找到属于自己的童话。天被雨婆婆刷洗成蓝屋檐，白云洗成春雪莲。丁香花刷得特丁香，鸟窝里的雏鸟是他们宠爱的丑小鸭，泥塘子当成天鹅湖，娃娃鱼成了美人鱼，蚂蚱窝当成星星屎。星星会拉屎撒尿，不知是哪位祖先注册在人们头脑里的童话。因为故事离奇，也因传说蚂蚱窝有消食败火的功能，老人们便说星星屎不脏，吃了长聪明。孩子们也想不呆不傻，长大后挣大钱，盖大屋，娶好媳妇，想聪明的孩子见到半个火柴盒大的蚂蚱窝，从枝叶上掰下，拿回家烤着聪明。胆子小的孩子，掰开蚂蚱窝，瞅着金色的虫卵囊仔细观瞧，最终不敢拿在火上烤熟亲尝。

谁的嘴巴塞了一嘴星星屎？我的，秧子特意赐给我的，我转手赐给喜欢我的女娃。那个女娃赐给大眼男孩，大眼男孩喂给小眼男孩。喂来喂去，星星屎失踪。等星星屎再次出现，假装说事的另一个女娃从身后赶来，又一次喂到我嘴里。我属于那种想吃不敢吃，最终不敢聪明的男孩。山村像我这般大的年龄，早错过补脑长聪明的年纪。我需要的是星星，不是一泡星星屎，也不是把自己打扮成一只花哨的公蚂蚱，随意找只母蚂蚱交配，产崽了事。我不知道我的未来会不会像那些直立行走的公蚂蚱，蹦来跳去，一辈子只会觅食。

山道如线，扯着木屋放飞的风筝，坡地挂在高山上。谁在翘首？谁在顾盼？谁是年岁中的春蚂蚱？弓着腰，鼓着眼四下趔摸〔（xué mo）方言，寻找〕。情缤纷，梦缤纷，青瓜棚看呆看傻了。在管生不管死，管成长不管成熟的春天，我怀着树的冲动，肩挑憧憬，根盘穿蚂蚱情结的领地，能盘穿蚂蚱情结领地的穿越是春天。

我出生于"文化大革命"前，目睹了十年漫长的雪冬，父亲在冰天雪地将最后一点体温交给村子，跟着一些他认识的和不认识的人倒在破冰的路上。我跪在寒夜，长久乞求一根火柴的温暖，能乞求到火种，点燃希望的夜晚是春天。然而，也只有经历过寒夜，生长在这片土地的人，才知道真正的春天，不是一条河流解冻，一种激情燃烧。它是水放长歌，草吹短笛，花开嫩嗓；是拧开了，掀动了，禁锢在头脑里的种芽破土了；是力学、美学、经济学跟大自然在人类历史舞台上的灯光造型；是崛起的中国激情四射、吐故纳新。倘若只是一种姿态，一种颜色，哪怕这种色彩亮丽夺目，也不是春天。

如今，我娶了相知的人，小屋不大，但装得下工作之余的温馨。

我拄着盲杖，敲打着未知的路面，能敲打未知，来来去去是春天。春景斩断殆尽，深埋在心里的根却在时时发芽。时时发芽的根是春天。

大概我现在的春天就那么多了。就那么多的春天，牵动着我忙碌的身影。我握着生命的犁铧，翻犁一沟接一沟漆黑的命运。能翻犁命运、播种未来是春天。你的春天是什么？是耕耘霓虹点点的春色？还是在嫩叶和花瓣间寻找她的眼神与面容？

散文

点名

    人们一提起我史光柱，都知道是位战斗英雄。可我这位英雄，也有属于我的那个当兵之初的年代，也有让我很难忘记的"兵之初"的生活。我还记得那小小的一次军容风纪检查，我就因鞋带系错，被叫出队列当众批评。于是乎，每当军容风纪检查，我便"当之无愧"地成了教育大家的材料。"小题大做"，那时我就想，一次系鞋带的小失误，三番五次抓着不放，领导也太缺乏容人之量了！

    时隔不久，遇到全军大比武，我们班代表连队参加比赛。由于训练强度大，磨破的脚需要宽松待遇，我便再一次善待自己，鞋带系得很松。谁知比武那天，我进行400米障碍赛翻高墙板时，一只鞋竟然鬼使神差地飞了出去。我挂在高墙上，折腾了好几次才翻了过去。尽管我光着一只脚丫跑到终点，但全班的成绩还是因为我的缘故，而降为倒数第二。这一次，没等两位主考官点名，我早已懊悔不迭。那是我入伍的第一年留下的印象。

又一次点名批评，是在保卫边疆的战斗前夕。一年一度的鹊桥相会，副连长请了一个月的探亲假。回家不到10天，他接连收到两封归队的加急电报。风尘仆仆的副连长比限定归队的时间晚了3天，一露头，便被更大的上级领导火暴地痛斥了一顿。足足一个小时的训斥，副连长默不作声，末了，他只说一定深刻检查。连队的战友发现他双手打满血泡，问明原因，才知他迟到3天，另有隐情。原来他家住在山区，妻子患了结核，老娘既管家务，又要带他两个年幼的孩子。他左右为难，越想越觉得欠家里的太多。没法儿，电报揣在兜里，死赶活赶把家里承包的责任田全部翻挖了一遍。当我知道了副连长迟归队的原因后，我更认为上级大领导太没有人情味儿，哪能就为这点儿小事，竟给副连长个记大过处分呢？我真为副连长叫屈。可副连长却十分认真地对我们大家说："人情有多大？难道有法纪大？"谁要是在临战训练中偷懒耍滑，可别怪他翻脸不认人！

两次遥远的点名，着实让我受益匪浅。前者让我懂得小缺点、小错误如果迁就姑息，就会酿成大错。后者更让我明白，当国家利益、人民利益需要你的时候，个人的事不论有天大的原因都得服从组织，而且是不讲条件的。如今，"点名"似乎离我已经久远了，但在十几年的军旅生涯中，我仍对"点名"记忆犹新，仍旧怀念我的那段当兵的生活，更加想念我的战友们。

1997 年第 1 期《军营文化天地》

散文

妈妈，我也能看到光明了

　　一个人失明了，才懂得光的珍贵，懂得什么叫作黑暗，懂得色彩就是生命。著名作家、教育家海伦·凯勒曾说过："一个人知道自己明天眼睛将失明，他就会充分利用今天的时间。"

　　当担架把我抬进简陋的手术室，当唯一的希望集中在右眼上，当锋利的手术刀将希望切成肉末，啊，妈妈！我紧缩的身体捂在被子里如同捂在厚厚的雪堆里，从头到脚地冰凉。窗外下着雨，下着我20岁遭遇的雨。

　　绿草如茵的足球场上，我们潇洒地奔跑、跳跃，老班长一个漂亮的快传，我抬脚射门，球应声入网，我高兴地笑了，醒过来却漆黑一团。山风飒飒，威武的阅兵方队中的番号声，在寂静的空间回荡，口令和群山对应着。我们庄严地踏着进行曲，铮亮的刺刀在阳光下寒光闪烁。醒来依然是梦，依然是深不可测的黑暗，无边无沿。

妈妈呀，痛苦和烦恼总是与香烟结缘。每天四五包廉价烟驱赶着不请自来的烦乱，满地的烟头引来一个规定：病房将成为无烟室。我声嘶力竭地抓住护士："买不买?! 不买一起从楼上跳下同归于尽!""不能这样做。""不能这样又能怎样?!"

白衣天使把病房的空间和日子清理得很纯洁，他们给我讲灯光、星光、金色的秋光和绿色的春光。他们说："有的人眼睛虽然看得见，但视若无睹；有的人虽然盲了，却从没有失去光明。只要不停地追寻光，就能征服黑暗。"一个 5 岁的小女孩轻轻伏在我的耳边："叔叔不要哭，我长大了一定当最好的医生，把世界上最亮最亮的眼睛安在你的眼眶里。"

妈妈，不知为什么，孩子稚嫩的话音使我全身颤抖，春雨般浸润我这棵叶子败落的树，这话是从孩子口中说出的，毫无大人那种善意的欺骗，她不知道摘除了晶亮晶亮的眼球，两个眼眶是黑色的坑，是被判了无期徒刑的坑。那幼稚的愿望从我的耳郭真真实实地滚入我的心底，仿佛干枯的油灯，猛然得到几滴灯油，滋润着滋润着。我抚摸着她柔软的头发，鼻子一酸："我等，孩子。我一定等你长大，给我最亮最亮的眼睛。"移开她为我抹泪的小手，不知不觉萦绕在我心底的话音溅起火星，白云从眼前闪过，炊烟、石榴树、长街、公园和海滩……若明若暗地闪过。孩子剥着香蕉晃在病床前："叔叔，你吃。"没有理由拒绝孩子美好的要求，一双小手伸给我伸给我，一层冰被融化，接着又融化另一层冰，我接过她悦耳的声音，也接过她当礼物亲手为我画的那张画，她捏着我的食指，指点着她的画："这是草，妈妈说草最不起眼，冬天后草绿得最早，也绿得最长。这是一棵树，是青鸟最先从天上衔来的。那时，地上光秃秃的什么也没有，以前我听妈妈讲过，所以我把橄榄树也画上啦！这是一颗星星，星星里有双眼睛，我要出院啦，要跟妈妈走，回去后，每当我看到天上的星星，我都会记起你的眼睛，长大了我才不会忘记给你安眼睛呢。"

孩子走了，带着一颗童真的心，返回她的故乡去，可她童真的余韵却久久地回响在我的耳畔。那张画我悄悄地珍藏着，像一束光闪现在我的心头，从孩子到士兵，从鸽子到橄榄树，是啊，有的人为了头顶的天空，脚下的土地，为了孩子春天般的余韵，永远埋在了焦土下，生命都献出去了，我失去一双眼睛算得了什么？何况世界上的盲人又不止我一个，他们有适合自己的位置，我难道会找不到自己的立足之地？战场上死都不怕，还怕怎样地活？

血往上涌，我仿佛抓到什么——是一片云彩、一叶小舟，是悬崖上的藤蔓，还是一根裸露的树根？哦，是诗，是一首心灵的呼唤。"我不再为那束枯萎的玫瑰哭了/妈妈，你知道吗/在密林深处/我丢掉胸前的金项链/上面刻有我的名字和生日/刻有指纹鲜亮的图画/记不清丢在哪里/我感到冷感到饿/感到从未有过的疲乏/可我不想回头，妈妈/我不再为那束玫瑰痛哭。"

解脱悲伤有两条路，一条是消极地、快速地把生命终结，一条是积极地、在不懈的追求中得到充实，得到超脱和升华。妈妈，你记得吗？你是这样对我说的，你说："早晨很美，红彤彤地孕育一家家炊烟，你看不看它，它都存在，不会因任何人而改变，离它近会给你爱抚，离它远会给你孤独。"妈妈，我记起你的话，我不会长久地蜷缩在岁月的角落，我会振作起来，主动出击，让噩运防不胜防。坐等，那是对自己的毁灭，去拼，去搏，去寻找强者的突破口，一切机遇来自于奋斗！

终于把握住了机会，把握住了一首诗，一次奖，把握住了诗集和校园的大门……是的妈妈，我有目光了，看得见别人能看见的东西，别人仰头眯缝着眼看太阳，我也在看，只是角度不同。记不清是哪年哪月，在哪个地方，有人说夜晚只有月亮没有太阳，其实太阳在月亮的背后，在另外的几重天放射光芒。

妈妈，你信吗？声音是耳朵听来的，可从声音里能看出许多颜色，"是萤火忽闪忽闪的韵律/是碎银落在桌面的韵律/是荷蕊戏水的韵律/是稻子抽穗的韵律/还是花粉飘散的韵律/是火苗焚烧黑暗的韵律/是晨霞游在岭上的韵律/是嫩芽偷看世界的韵律/还是手指敲动蓝天的韵律/哦，都不是/是两岁的孩子吟诵童心的声音。"这就是从声音中看到的一片片颜色。在心静意静的时候，我还有听觉嗅觉触觉，即使它们都已死去，剩下的一颗心依然热乎乎地跳动。

怀着跳动的热情，我端坐在电影院里、电视机前，用心去欣赏那一幕幕悲喜剧。随着那落地清脆的排球、应声入网的足球而激动；怀着渴望的追求，我认识了屈原、苏轼，认识了托尔斯泰、车尔尼雪夫斯基；怀着美好的回忆，我和朋友们到大森林，到街头沙滩，捡起一个小小的贝壳，重温一次童真，烧一堆篝火，重活一次少年。

我爱我所爱，爱生活、爱脚下的土地。妈妈，我不是弃儿，不是孤苦伶仃被抛弃的孤儿，我在接受爱抚，厚重的爱抚。残缺的身躯走出健全的路来，妈妈，我真的能看见光明了！我抱着真诚的琴不撒手，走一路弹一路，不求生命的长短，但求生命的价值，只要是蜡烛，泪不会白流。

1993 年第 2 期《三月风》

散文

这一家子

颠覆家庭政权，篡夺丈夫王位，这是爱人的意图。孩子还未满月，爱人便在谈判桌上提出严正交涉，非要由她给儿子取名字，否则决不让儿子姓我的姓。岂有此理，我的儿子怎能不跟我姓？！孩子出生那天，天空迫降第一场大雪，出院时城市又被第二场雪冻僵，为了有所纪念，她把"雪"字塞进儿子的姓名。

我们家乡"雪"和"邪"读音相同，乍听令人很不舒服。我抗旨不遵，爱人笑眯眯地向我亮出黄牌："如果你有本事，也把肚子挺大，痛痛快快地生一个，要是这样，名字全由你取。"让我生孩子，岂不是憋公鸡下蛋？我满肚子的不满蠢蠢欲动，但恐怕爆发夫妻战争，我只好咧嘴默认。"取这样一个傻名字，委屈啦孩子。"我抚摸着小生命的头，孩子对我说的话毫无反应，像休眠的种子听不懂春雨的启蒙，不过可以原谅，因为孩子还不具备听懂话的能力。

我另一个不满是孩子偏心眼，专拣她妈妈的相貌遗传，大眼睛，双眼皮，似乎这种遗传早有预谋。五官和手足排斥我的长相，大部分性格也仿效爱人，根本不顾忌我乐不乐意，只有疾病和耐力是我遗传给他的，十天半个月孩子总要周期性地病一次。据我妈妈的妈妈说，小时候我也是这样的，除了乳汁便是药罐，整天像只瘟鸡。父亲将年猪卖成钱，买回当时最好的针和药水，我没领这份情，一口气吃光猪钱，病仍旧未好。

高烧将我烧到抽风的地步，白眼球一个劲地往上翻，"死马当成活马医！"父亲找来土医生，撬开我的牙齿，灌了一服偏方。偏方不吃还好，吃下我便断了气。外婆用蓑衣把我包好放到廊檐下，等陪着土医生吃完饭的父亲将我抱到村背后的乱坟岗扔掉。谁知在父亲快要吃完饭时，我竟然在廊檐下发出鸭子般的哭声。你想想，如果我没有顽强的生命力，仅凭土医生的一服药，焉能死里逃生？我伸出大拇指：高明，儿子拣我这方面遗传，不到严重时从来不哭不叫，只要发出呻吟，不用试体温表，高烧肯定在39℃以上。每次爱人送孩子去医院，我都据理力争，强烈要求同行。爱人不让，朝我咆哮如母虎，斥责我像野牛一样不听人劝。"一起到医院，我是照顾孩子，还是照顾你？"如此尖刻的语言，令我怒发冲冠，却再找不到发怒的理由。

儿子到医院打针，不管是静脉注射还是肌肉注射，连哼都不哼一声，这种顽强肯定来自于大山给我的品质。我得意扬扬，夸赞孩子不是孬种，爱人持不同意见，她说儿子打针没有疼痛的反应是因为痛觉迟钝，一个字：傻！

吃瓜子不会剥皮，这儿子真笨，我抱怨着将半把瓜子仁放到儿子手中。"扭松做不出好家具，傻爹怎能生出聪明的崽？"大概爱人没有漱口，讽刺我的话一出口就脏了我的耳朵，还是儿子帮我："妈妈笨，妈妈连外国话还要爸爸教。"前几天看了部有关傣族生活的纪录片，我曾到傣家竹楼，跟傣家老妈在凤尾竹下学过几句傣语。爱人心血来潮，把我肚里的少数民族语言干净彻底搜刮一番，儿子把老家话误认为是外国话。儿子始终是我的儿子，关键时刻立场坚定，并没有被他妈妈的"糖衣炮弹"腐蚀。我从云南不远千里来到北京，播不出优良品种对得起祖宗吗？尽管儿子不是神童，不像有的幼儿三四岁就能阅读报纸，十二三岁就能上大学，但他有他的灵性。

他背着学画的书包，欣喜地在路边跳跃，像电线杆上的燕子好奇地环视四周。儿子学习绘画，每星期天上午由他妈妈带他去，他趾高气扬，满脸挂着自豪，宛如鱼米之乡的帆仰着脸穿越在我的期待中。邻居在楼道问他："小子，到哪儿去？""我学画画儿去。"他骄傲地挺起腰杆，那种神态仿佛是个大画家。不到半年，他已经会画太阳、树、草和一些小动物等简单的画。为鼓励他的进步，我决定为儿子颁发重奖，颁发什么我说了不算，姑奶奶同意才行。谁是姑奶奶？这还用问，谈婚论嫁个什么女的不行，非娶个姑奶奶压在自己头上活受罪。姑奶奶精心挑选买了个画夹。画夹有什么特别之处，这不是存心让孩子长大，跟花草打交道吗？"给小孩买奖品要实用，看我的。"我到商场精心挑了一把短剑拿回家，孩子见了惊喜万分。原想买把剑，让他练点男子气，不料他一步登天，剑接在手立即一副武打片里草莽英雄相。他叉起腰瞪着眼朝着瓜分西瓜的家人一声断喝："谁敢动，都给我放下！"众人觉得他有趣，将抓西瓜的手缩了回来。"我敢动。"儿子的小表姐边说边挑衅着去抓西瓜。儿子冒傻气，他的眼睛变得一阴一阳，剑虚砍在桌子上，不料脚下踩到西瓜皮，摔了个屁蹲儿，弄得众人哈哈大笑，他的小表姐更是像庆祝节日一样庆祝他的"现眼"。

不知是因为大家的笑声刺伤了他的小面子，还是因为他小表姐的狂喜，他赌气不吃西瓜，趴在床上酝酿哭的表情。我用话气他："儿子喜欢喝西北风不吃西瓜，还是爸爸替你吃吧！"他嘴一撇，懊恼在眼眶打转。"别听你爸爸的，快来，我喂你。"爱人起身将表演演砸的草莽小勇士搂在怀中。

"别听这个的，别听那个的。"这样的话说多了，孩子当真，除了老师别人说得再好他也置若罔闻，逼急了就接二连三提条件。"姥姥打麻将吵死人了，我才不画哪。"要不就晃着脑袋说头晕，要喝娃哈哈治病。这样一来他不是自己喜欢学而是别人求他学，骄娇二气太重，这哪儿像军人之后？"谁说军人之后就得当兵？你没看正在学画吗，凡属书画大家，谁不孤傲清高，这骄娇气质就是心存高远、傲视群雄的起点！"我皮笑肉不笑拿书画家讽刺爱人的教育。爱人毫不在乎："能傲视群雄这是本事，你也超凡脱俗傲视傲视我们。"话不投机，我觉得爱人的教育方法有问题，坐在远处苦着脸抽烟。儿子缓过劲来，看我闷闷不乐，摇着他姥姥的肩膀："姥姥，你见过大马吗？没见过你看那边，我爸爸的脸比马脸长。"我坐在藤椅上气得直哼哼。

没旁人庇护时儿子显得十分听话，让他画画自己便到里屋，有人庇护他消极怠工、敷衍了事。我拿过他的画让他描述，之后问他："你在什么地方见到狮子的鼻子长在脑门上？"他支支吾吾地说："狮子上厕所闻到臭味儿就把鼻子和眼睛噘在一起了，画画时不把鼻子往上移能知道狮子讨厌臭味吗？"这小子偷奸耍滑还能说出道理，我想笑，但竭力克制住自己，用不可更改的口气让他重画。他应付不过去，只得哼哼唧唧，重新返工。

两个星期不到，他接连做了两件错事。

一件是他要我趴在地上让他当马骑，两眼看不到的我，尽管不能到幼儿园接送他，但趴在地上当坐骑这类事不是什么问题。我驮着他在里屋和外屋之间奋蹄嘶鸣，几个来回下来，累得我气喘吁吁。"爸爸，你怎么不动了，我给你喂料。"他从我的背上跳下，打开盒子拿出一块糖，剥掉糖纸喂进我的嘴里。"爸爸快爬呀，吃了料你干吗还不动？"糖块在嘴里滚动，我品着甜滋滋。"我零件坏了，油也用光啦。"不这样说没事，一说零件、汽油，他把我当成机动车，先是伸出手指在我身上当钳子、改锥，随即跳跳窜窜跑开端来茶杯，我不知他要做啥，等他掀开我的衣服将半杯茶水倒在我的后背，这才醒悟，我懊恼至极，掸着身上的茶末："谁教你这样做的？"儿子见我横眉冷对，怯生生地解释："爸爸，是你让我这样做的。""是我让你干的？什么时候？"可不是吗，我说没了油料，孩子自然这样想。我苦不堪言，叮嘱他别有下一次。

油料他已加错，接着他又犯傻，这一傻差点儿惊天动地。我在里屋处理材料，儿子依偎在沙发上看录像，半小时后，他走进里屋轻手轻脚爬到床上。怎么那么乖，不像以往到我身边就淘气、捣乱的样子。我觉得有些异常，忙于处理文件没去追究。他在床上熟睡了，我摸索着用毛巾被将他盖好。借去外屋喝茶的工夫，检查儿子是否把电视关好。

面前让我触摸到的景象令我直冒冷汗，几盘录像带已经变形，伤痕累累，泡开的茶叶像膏药一样贴在茶几上、地板上，这是怎么回事？原来儿子看录像中有消防队救火的镜头，也想当个消防队员，他将影碟和我的资料磁带码在一起，用废纸点燃，演练他的灭火。他以为火烧不大，谁知录像带易燃，火势出乎他的意料，他急忙用茶杯里的茶水灭火，半杯茶水泼下去冒起一股烟雾，火苗越燃越旺，他转身想逃又怕我知道后惩罚他，扭头看到茶几上的茶壶，便双手抱起灌满水的茶壶把火扑灭。为了不让我责罚，他立即打扫现场，把录像带恢复到原来的位置。

狗胆包天，险些犯了不但父母救不了就是天王老子也救不了的错，他还有脸睡觉，而且睡得安然！如果泡茶的茶壶是空的，如果点着火悄悄溜出门外……我越想越觉得后怕，非得给他留下点深刻的记忆。于是，我走进里屋掀开毛巾被，摸到他的屁股狠狠地打了一巴掌。儿子从梦中惊醒，连疼带惊嗷嗷叫唤，犯下不可饶恕的错误，他还好意思哭。我严厉地让他闭嘴，由于我气势汹汹，吓得他将哭声憋回去。

总是粗暴地对待孩子，效果也并不一定好，人们常说"打一巴掌揉三揉"，我也揉他一下。我把怒气消了消，换成平和的腔调："你知道点火会有什么后果吗？房子要真点着了会把整个大楼烧坏，把你烧成灰，被疯老头带走。然后虫子在你身上打洞，你再也见不到妈妈、爸爸和姥姥，周围的人再也不喜欢你了。你玩的小汽车，你喜欢的蝴蝶、蜻蜓，一切你都看不见了。"口干舌燥总算让他明白死亡的概念，儿子知错地听着。见我去摸水杯，他拎来喝剩的半瓶汽水递到我手中，央求我不要把他点火的事告诉他妈妈。

爱人下班回来儿子躲避着她，我悄悄把事情原委告知爱人，并叮嘱不要再追问孩子，我已许诺替他保密。爱人憋不住，几分钟后便把我出卖了，把儿子叫到身边，刚追问几句，儿子便哭了。他十分伤心地扬着小手追着我打，怨我骗人。我出卖儿子，爱人出卖我，真是爹傻傻一个，娘傻傻一窝。

家里人十分宠他，心肝宝贝叫得肉麻，只有我岿然不动，除了挑剔就是苛刻，致使我的形象在他的眼里一落千丈，竟然排到他的玩具之后。只要我说他妈妈几句坏话，他肯定当内奸，很快把情报送往"情报中心"。他追在妈妈的身后告状，像宠物追着主人："妈妈，我爸爸又说你坏话了，他说你是傻妈。""儿子，我们家谁最傻啊？"他回答时指名道姓地指着我。"你喜欢爸爸还是妈妈？"当着我的面他竟然脸不变色心不跳，头一歪："我不喜欢臭爸爸。""为什么？""因为他打我。""还因什么？""因为他打不过坏蛋，眼都打瞎了，我爸爸怎么这么笨呀？还是我厉害，妈妈，你瞧。"他嘴里一边发出练武的呼吼，一边模仿武打动作。"我长大了给爸爸报仇。"听了这些，我爱人愣了半晌没说出话来。"这是你不喜欢爸爸的理由吗？""他傻得连我都看不见，不带我坐碰碰车、上公园，不带我到动物园看大象。"

儿子讨伐父亲，这是什么道理？都是他妈将他宠坏了。事情过后，我将儿子拽到里屋，足足开导了一个钟头，给他讲了许多关于我的故事，没办法，他就是认定他妈妈是救世主。说也奇怪，自从那次开导后，每到吃饭时儿子谁也不管，偏偏搬凳子让我坐。走在街上，他也学着把自己瞧见的东西、事物讲给我听，我的地位从玩具之后青云直上，跨进他的心底。

从此，我对孩子的教育不再像胜利者对待俘虏，跟他讲话也以讲故事的方式，通过事实诱导他、感化他，争取让他自悟。有时也抽空带他到有兴趣的地方转转，要不然我这个父亲不但空有其名，说不清什么时候他和他妈妈联手，把我开除，那可就惨啦！

1994 年第 9 期《家庭》

散文

弯道

异地工作久了，思乡之情油然而生。每每想起家乡的景色，我便想起池塘，想起山脚的大弯。二十几年过去了，这山，这水，这人，一切都已改变，唯独山脚的弯道，还大弯套着小弯依山环绕。

我见过的弯道，最大最险的是在藏南边城的亚东坡上。从山顶到山脚，相差一千五百多米的山道盘山而下，坐在车上，眼瞅着车子要撞到山体，忽然一拐，眼前一亮，伸展而行的竟还是柏油路。九九八十一道弯，弯弯惊险，悬着的心刚放下又提到嗓子眼，但紧张之后，依然是峰回路转。

山地往返多了，我便习以为常，习以为常多了，我便麻木不仁，要不是再到高原，经历峡谷深沟，我对弯道几乎淡漠生疏，不再提及。

这次我到滇东滇西，见了不少的路，新修的路拓宽铺了柏油，但山弯、谷弯还在，相比西藏亚东的长坡，路面平缓多了，只是顺着山脉的走向，坐落的村庄延伸开去，许多路依旧弯弯陡险，险象环生，有的地段机动车无法通行，只能兜圈子转大弯，另寻出路，这不仅使我想到"山重水复疑无路，柳暗花明又一村"的经典之句，也使我想到鲁迅先生说的"世上本没有路，走的人多了便成了路"。不过这话只说了一半，另一半是，"世上本没有路，只是有人有了心路，才会走出通往四方的伸展。"

心路是心念的起点，有了起点才会有心愿的拓展，难过好过难走好走，都得通行，走不了就换种走法，行不通就换个角度，审视决定方位，思路决定出路，已知迷失，干吗不问路不转向，转向才能通畅走得长远，这本身就是路的部分。

弯道是什么？是偏离和校正方位的一段过程；是人们通行遇到山体及无法逾越的鸿沟时，就地选择的便利绕行方式。如果在途中遭遇挫折而不转向，弯不成了死弯，路不成了死路？而世上哪有直上直下、直前直后不加探索的路？走路如此，人生如此，社会历史亦如此。

我知道的历史转向，在哪个时代都有。且不说帝王兴衰、改朝换代，弯弯交错，就说红军长征便是经典转折。被一些人认为大逃亡的溃败，却被引路人、寻路人扭转乾坤，在生死存亡之际，来了个漂亮的转身，使中国革命有了根本的转机。

给改革开放定位，不少人有精辟论断，说它是胜利中的胜利，辉煌中的辉煌并不过分。然而，我却认为这也是长征，是重大挫折中的急刹车、急转弯，是面对悬崖的方位校正，是另辟蹊径的绝处逢生，是努力开拓的转折过程。它所产生的深远意义及影响，不亚于二万五千里长征。

不是吗？改革开放一样有敌机轰炸，一样爬雪山、过草地，一样有游击战、运动战、歼灭战，有灵与肉、观念搏击的血雨。令人眼花缭乱、头晕目眩。面对弯道，甚至有人一头扎进忘节坑和钱眼里，彻底背离了人间正道。王宝森是这样的人，成克杰是这样的人，刘志军是这样的人，他们一开始也是改革的新锋，只因迷途，忘了校正，才背道而驰，逐渐变成打着开弯拓道闯将的旗号，背地里做着比刘青山、张子善更龌龊的勾当。

血淋淋的是先遣队员们的身躯，赤裸裸的是罪恶者的行径。不是有人躺在功劳簿上当蛀虫吗？不是有人事与愿违，找不到自己的位置，将历史赋予的责任抛到脑后，自甘堕落吗？不是有的地方拜金主义、享乐主义、极端个人主义滋长蔓延吗？不是有的地方恶势力猖獗，残忍的手段及掠取的财富令人发指触目惊心吗？在大变革年代，一切都在转型转轨，冲撞挤压，撕裂阵痛，出现一些沉渣浊液也属正常。要不说这是长征，是万里迢迢跋山涉水，大调整、大组合，打破旧秩序、建立新机制的大转折？在这个大转折的过程中，也有转折中的转折，调整中的调整，比如邓小平理论，比如三个代表，比如科学发展观，构建社会主义和谐社会，都属这一范围。

我走在乡间，寻觅着沟壑峻岭。弯本不是路，它只是杂草丛生、风雨冲刷的沟谷边角线、山体分割线。因为有人走动，它才成了一节节、一段段爬行的弯道。这种错综复杂的地段，岔来岔去，弯弯绕绕，要是不熟悉路况，准得走许多糊涂路、冤枉路，即便不想走错也会走错。

散文

那个季节

多多家房前的杨树砍了，周末回家，多多没听到鸟叫声，一打听，房前的空场被规划为商业用地。想到伴他成长的鸟语从此自耳边消失，他趴在窗台哭了。

树被砍，很长时间，他没缓过情绪，那不是树，是他快乐的支撑，年龄的香囊，飞过的鸟不只是鸟，是他早晚的歌手，飞翔的旋律。

我在上海学习盲文，摸读这关成了难题，老师安排他和明姑娘等几个同学帮我强化摸读能力。他喜欢吉他，有空便到树下边弹吉他边伴着鸟语轻轻弹唱。突然的砍伐，让他的心情处在"砍伤"状态。

他性格情绪化，这可能跟他的出生有关。父亲是工厂一名推销员，长期在外奔波。他妈觉得他爸不是外出推销，而是推卸家庭责任。不久，两人离婚，他带着父母离异的挫伤感迎接新妈。后母怀孕生下他妹妹，他成了名副其实的多多。星期天他不用准时回家，也不愿回家，而是常常扛着奶奶给他买的那把吉他，挂着盲杖来宿舍找我，要么陪我练习摸读，要么教我弹奏歌曲，他边弹边唱，十分投入，"妈妈，儿今天叫一声妈，高墙内……"，我情不自禁跟着他的节奏演唱。他喜欢《少年犯》的主题歌，我不知他是想念不常来看他的母亲，还是他把眼睛看不到当作高墙。他情真意切，仿佛铁窗监禁的不是别人而是他。

明姑娘性格开朗，五岁时得了眼瘤，到医院挖去双眼，父亲不想留下遗憾，手术前把家里值钱的东西变卖，带着她游览名山古迹，走遍大半个中国。心里有山有水，她跟别人交往，似乎不弄出些响动，别人感觉不到她的存在。

他俩在一起，明姑娘像个传教士，传递着光明的福音。他像个信徒，追随着他想追随的世界。"江花到底像不像花，小鸟欢蹦乱跳的姿态是什么样的……"，明姑娘有问有答。

有次，明姑娘按他的奢望解释了春姿，他品味着叙述的情景叹道："我要是你，亲自看上几眼就好了。""像我有啥用，我现在不一样看不见。""看不见但毕竟看过，看过总比没看过好吧！""那不见得，没看有没看的好，从没看过世界的人，不知道鸟怎么飞，燕怎么落，自然不会多想，不像我知道湖光山色，想看看不见，那才难受。""有何难受的，你对春夏秋冬、湖光山色从未见过，都不知道世界怎样，哪来身临其境的眷恋？"转天，两人因同一问题又发生争执，多多说明姑娘幸运，从出生便能见到光明，不像他，先天失明，从未见过世界，如同佩戴摄像机，明知坏了用不上，却天天还要扛着。明姑娘说："你都知道坏了还想它干啥，不像我们摄像机原本是好的，拍了一半，正需要拍时，突然坏了，能不丧气？"多多皱着眉头，拉长不耐烦的嗓音："照你这样说我们生下来便看不到反成了好事。""我没说这是好事，我只是想，你对世界没有印象，你都对山的形状、水的色彩没有体会，何谈刻骨铭心。"两人非要论明谁比谁幸运。吉他少年叫来同学助阵，明姑娘也有自己的阵营。他们七嘴八舌，争得面红耳赤，我一声不吭，品着他们对光明的理解，直到明姑娘一方把我当作援军，我才做裁判式发言。

有光感的比没光感的强，见过世界的比没见过世界的好，有眼睛天地万物生动传神，没眼睛只能听说，听来的传神是不完整的传神，感知来的栩栩如生是带有缺憾的人生。比如憨态动人、比如飘逸洒脱，你都不知道怎么飘逸，如何去理解一朵云彩？从未见过憨态，如何体会它的可爱？我沿着得而复失的感受侃侃而谈，全然没顾忌到身边还有先天失明的少年，为让他们走出失望，我嘿嘿一笑，其实，有没有眼睛不是美好的全部，关键要看用什么态度和行为去改变处境、创造价值，世界上好多没有眼睛的人，不一样通过自己的努力，完善自我，托起美好的天空？因为他们有另一种目光，感觉知觉的目光，用心去看。

用心去看，用心去做，用心去感受芸芸众生、沧海桑田，从我开始，从身边的笔墨纸张、锅碗瓢盆开始，一种形状、一种神态、一种靓丽与暗淡。水中的鱼、岸上的鱼，捕捞状态中的鱼，死前死后的鱼，我给他们讲解，他们也给我介绍，我带着他们走进鱼之外的生态，他们也带着我走进他们可感的往来。每天，我拄着盲杖在一两公里的范围，跟着这群比我年龄小得多的盲人来来去去摔倒又爬起。

也许他们还小，尚不懂得类似伐木的事情还会在未来的天地出现。但他们毕竟甩掉了最初的依赖，从家里走出，像健全的孩子一般得到了受教育的机会。相比之下，我已是成年人，承受痛苦的能力比他们强。我为什么不能像他们一样面对现状，从头认知，塑造未来？那个季节我认识了他们，也接纳了自己，是他们无意中影响了我，去关心一朵花、一棵草，正视一处沟、一级坎，引导我开始行走摸索的人生，我在不经人提醒不知身边还有花草的盛夏，踩下了追寻的脚印。以后，我又涉足别的残疾人群体，尽管没有谁提醒我能为他们做些什么，但一有机会，我便想着为多多这样的群体做些事情，多少年不曾间断，我将关爱交给他们的同时，他们也将真情递到我的手里。

散文

虽然憎恶

一个女士正在商场买东西，发现身边的一个男人偷走她的钱包。刚好一个警察也来购物，警察勒令扒手将钱包还给女士。女士不但不感谢警察，反而称扒手拾金不昧。这事儿发生在南方某城市。

称扒手拾金不昧，当时连小偷也为之一愣。这女的是疯子还是傻子？不是，她不仅是某公司的高级管理者，而且提起小偷，她恨不得把天下扒手的手都剁掉。可她为何当时要那样做？原来事出有因：当她抓住扒手时，对方低声威胁："你敢喊叫，我就天天盯着你不放。"谁能不上下班，一年四季不买菜，不逛商店？如果让一个幽灵整天缠着，说不准还会有更大的麻烦。为了不惹祸上身，所以，她才颠倒黑白，认贼为友。

虽然憎恶，但怕引火烧身，平静的日子从此种下祸根，这是当今一些人显明的心态。这类人是否毫无正气？不，在他们的心底一样有美好，一样是非分明。谈起丑恶，谁都抱怨痛恨，引经论典；可一到关键时刻，"怕"字遮住视线，装聋作哑，折了心中的那杆秤。

去年初，我乘坐景德镇到九江的长途汽车。由于旅途疲劳，我一上车便靠着座背呼呼地睡了起来。不知过了多久，妻子捅了我腰一把，我以为她想跟我聊天，装没醒来继续睡觉。又过了一会儿，妻子又重重地掐了我一把，惊怯地在我耳边低语："持刀抢劫！"我立刻醒过来，不知发生什么事情，随口问道："哪里抢劫？"话刚出口，坐在我后排的一个人猛地站起来打了一声尖厉的口哨，随即有人凶恶地叫停车，车门像遥控一样打开，三名罪犯连同那个打口哨的男人一起拎着抢劫的财物跳车而跑。

我以为只有我是盲人，谁知车上的旅客跟我毫无区别，好像谁都不知发生了什么事似的。别看罪犯在时，车上死一般寂静，抢劫者一跑，车里顿时像被捅的马蜂窝，乱哄哄地各自清点被劫的财物。众人开始指责司机、售票员。司机辩解，他看着路面开车，不知身后发生的事情。售票员有售票员的理由：如果她吭声，以后哪还再敢跑这条路，这不等于砸了饭碗？更何况车上这么多爷们儿都不敢管，我一个弱小女子又能如何？只有几句话，愤怒的指责没有了，一个个男人的脑袋低了下去。片刻冷静后的众人又你一言我一语地议论开了："这些人也太猖狂了，政府真得整治一下。我们虽然憎恶，但赤手空拳没法管。"

"他们只搜了包。如果搜身威胁我的人身安全，我定会誓死相拼。"

"本有心站起来，看大家都闭目低头，也只好听天由命了。"

"死倒也不可怕，可如果被坏蛋捅残了，日后谁管生活？"……

以上议论不用多想，自能辨别对错。然而，怕残的话题却引起一个乘客的感叹：他有个同事，下班途中碰到一家商店发生火灾，便不顾一切将自行车扔到一边，跑去救火，容貌被毁不说，又碰到医疗费和伤残后的生活费的现实问题，这笔钱应由谁来负责？原单位说得明白，为哪家救火去哪家要。发生火灾的商场负责人却说，不是他们叫他来救火的，商场没钱，费用自付。两家相互推诿，问题迟迟得不到解决。要不是几经周折，找到市委某主要领导，这事还不知要拖多久。舍生忘死，弃恶扬善是中华民族的优秀品德。为抢救国家和人民的生命财产，人家不顾个人安危，解决一点医疗费算得了什么？非要等高层的领导出面解决。万一找不到呢？难道就把人家丢到医院不管了？弘扬民族正气，关系到千万人民的利益，重要的是要有统一的、令人羡慕的、上升到法律高度的律法保障。只有这样，才能奠定和突出牺牲者的意义和价值。

虽然憎恶，但怕这怕那像瘟疫腐蚀着人们的头脑、骨髓。一些场合，惊弓之鸟本该是罪犯，不料却成了围观者的自画像。如果把"虽然憎恶"称作社会的一种现象，那么，在这种现象中，怕恶终将变成助恶。

憎恶就是憎恶，现实干吗要把"虽然"放在"憎恶"之前，这说明什么？一方面反映邪恶势力的抬头，另一方面说出老百姓求的就是安居乐业。随着严打斗争坚决曲折的进程，有人终于抛弃"虽然"，掏出压抑在心底的憎恶，拨响通往正气的铃声，"虽然憎恶"现象在一定程度上得到缓解。举报电话的设立，既拓宽反腐倡廉的渠道，又侧重对检举人的保密性和保护性。

　　一个文明进步的社会，不仅要树憎恶之心，憎恶之德，还要立憎恶之法，扬憎恶之威。憎恶就是憎恶，不必将"虽然"放在"憎恶"之前。道高一尺，魔高一丈，正义终将战胜邪恶。

散文

商化

提到商化，我想起了钓鱼。过去钓鱼大多为果腹，随便找个地方，不需要花钱就能钓。现在不同了，山山水水，每走一步都能踏上承包者的领地。扛着鱼竿儿来到鱼塘，钓出的鱼比市场买的还贵，可依然有人愿意去钓，花钱钓的是乐趣，玩的就是心跳，花几个小钱买生命的开心果，何乐而不为？

娱乐商化已不是豪门富户的专利，华夏这座东方的大商城，不少投资者不但在经济市场上翻江倒海，也把眼光投到庞大的精神市场。小孩子懂得掏出积攒的零花钱，给小伙伴买生日礼物；亲朋好友聚在一起，牌桌上也多了钱的足迹；就连饲养棚里也增添了音响设备，一头头猪崽听起音乐头晃尾摇。

娱乐商化了，人的形象也商化了。整容手术，美容化妆，苗条霜，减肥茶……人们在塑造个人形象的同时，也注重生存环境形象的塑造。企业的管理者通过各种捐赠和文体活动塑造单位形象。踏进宾馆、饭店的大门，便有迎宾小姐主动迎上来。她们彬彬有礼、笑容可掬，动作、表情热情自然，看不出花钱精心培训的痕迹。良好的素质令人轻松愉快，吸引你再次光顾。

社交访友，婚丧嫁娶，花钱买体面也属形象商化。工程竣工、商场开业，不惜一掷万金、十万金举行庆典。这些钱捐给福利事业行吗？不行。据说，他们有他们的苦衷，不花钱搬不来电视台的人，有名头的领导人也来不了。如果这也是苦衷，那么揭示精神内涵的文艺出版社，苦衷就更多了。油墨纸张涨价，出版社有出版社的难处；发行渠道单一，发行者有发行者的难处；严肃有质量的作品不好卖，书店有书店的难处；买一本内涵较深的书籍，一是看起来费力气，二是由于生活节奏加快没时间看，读者有读者的难处。加上缺乏短平快的作品，不法书商乘虚而入，凶杀色情低级趣味的读物有了市场。抵抗力强的过过眼瘾也就罢了，抵抗力差的好奇之余也就挂在心上，走向颓废与迷狂。有人把夫人扔到一边，掏钱聘用三妻四妾。不少个体诊所治性病的医生发了大财。有人贩卖人格、倒卖关系。难怪有人感叹：商化之风无处不在！

我们曾经把精神的作用夸大到极端，似乎不要物质也能推着地球转。精神高于一切，会导致民族发疯。同样，有金钱就有了一切也会导致生命癫狂。改革开放以来，人们的生活水平有了提高，忆苦思甜的树根、野菜，早已成了宾馆换口味的高价菜。那些"忆苦思甜"的人如今怎样？为精神文明做出突出贡献有过重大牺牲的人又怎样呢？请看烈士抚恤金和伤残军人抚恤金：一个烈士的抚恤金在二千至二千二百元之间；残疾的等级有六种，生活不能自理的人最高，部队现役人员的特等残疾金每月二十元，退伍后不愿进疗养院生活的，连照料费加在一起每月不到二百元。市场上一斤猪肉现价多少？一台低档的彩电现价多少？要是跟大款的一顿饭，影星、歌星的一次出场费相比，人们不知会作何感想?!

前几年，由于待遇差，不少体育健儿纷纷流往国外，管理层及时将奖金引入竞争机制，不但稳定了体育队伍，而且也让运动员看到自身价值。

建设精神文明不只是雷锋纪念日才学雷锋，不能只靠某位人物的号召和过问。吃的是草，挤的是奶，奶牛精神诚然可贵，但要让奶牛挤出更高质量的精神奶，就有必要给它们提供一定的生存条件。倘若不缩短奉献者与他人的生活差距，势必造成牺牲者扩大牺牲，索取者扩大索取的不平衡状态。

我这样说并非是走老路，搞什么平均主义，允许少部分人先富裕起来，条件是带动大家。如果这种富裕一味地迎合少数人，任凭差距拉大，只会让城乡让贫富失去平衡，引发矛盾。人不能长久在矛盾中生活，家庭和社会一样，有问题不因势利导，主动解决，哪儿有美丽和谐的生活？商化为兴家兴国，为人们的生存生态、心灵生态服务，其中也包含弱势群体。

1994 年 12 月《文艺报》

散文

玉米棵　老石磨

　　大城市的孩子生活在另一种封闭中。玉米棵、大米树是个什么样子？月亮怎么像磨盘？身边的孩子向我提出一大堆问题。那迫不及待的可爱样儿，令我直皱眉头又喜爱。吃米不知从何来？啃的玉米棒又不知从哪长出？这就是城市孩子生活与成长的脱节现象！我苦笑道："来，孩子，我给你讲老石磨。"

　　很陡很陡的山坡，很矮很矮的木屋，一块石板按比例破开，沾上磨牙，中间凿个洞。另一块石板也沾上磨牙同样挖个洞，扣在一起，支在木头支架上，就叫石磨。

石磨磨着山村的早晚。春天，在犁铧翻耕的山地，播下汗珠一样的玉米种子。慢慢在虫鸣的催促下，长出青竹般的玉米秆。叶子很长，像村姑背后的长辫子，只不过是青色的。玉米棒结在秆上，活像酒葫芦插在汉子们的腰际。喝一口酒，啃一口玉米饼，扯几句闲话，然后脸朝黄土背朝天地干活。年年把愿望种在几亩地里，年年都有收成的喜悦和愁吃愁穿的忧伤。

六七岁的我在磨前磨后光着屁蛋，虽也知羞，但没有裤子穿，姐姐用嫁妆布给我做了第一条裤子。她出嫁的头一天晚上，还推了满满一磨头玉米，那晚云里的月亮很沉。

身子没有磨高，奶奶交给我推磨棒又担心我不会用，怎么教胸膛也够不着平衡用力的棒子。棕绳套在妈妈的推磨棒上，我像马驹在前边拉，妈妈像个车夫在后边推。一挂圆形的大车在原地兜着圈子。转啊，转啊，月亮转缺，月亮转圆；转啊，转啊，推完了老玉米，又推新玉米；转啊，转啊，磨的是粗的，挤的是细的；转啊，转啊，石磨是牛车的车轮，还是天上的月亮？我眨着眼睛，嗍着脏乎乎的手指，想过星星是无数个窝窝头，却从未想过指甲缝里的黑泥会滋生疾病。

月亮是天上的磨盘，在光阴的支架上磨出白面般照亮眼睛的月光。夜已很深，从天上掉下的月亮变成石磨的传说为我解困。我打着哈欠，枯燥、乏味、迷糊地成长，书包守着我半睡半醒。妈妈生弟弟得了产病，大大的石磨瞅着我转动寂寞的童年。8岁在转，10岁也在转，身子越转越高，圈子越兜越大。等着母鸡下蛋不是为了吃，而是用来换回缝衣做鞋的针线。千年的祖宗发明的鞋，轮到我却光着脚丫，说起来也够委屈的。双脚冻裂了口，还要踏着冰碴儿赶在上学前把水缸加满。然而，弟弟也同样委屈，跟我拉大距离，不愿入世也就别入世了，到头来还是磨磨蹭蹭在山寨呱呱坠地。妈妈在病床上躺了一年多，没奶水吃的弟弟靠红糖水冲玉米粥喝。我放下装满猪草的草篓，挂好破旧的书包，磨出的头道细面，给他和妈妈，二道面留给我们，剩下的粗皮留给鸡、猪……一道面救命，二道面养生。别跟弟弟争吃，奶奶从她奶奶那里听来的话，唠唠叨叨地教会了妈妈又教会我。我一遍遍地听，一步步用力地走，嘴陪着耳朵吃粗的、咽细的。

玉米秆砍了一茬又一茬，我的年龄换了一岁又一岁。也许异途的月光也是照亮眼睛的白面，我才常想起遥远的玉米地、老石磨。也许难吃的粗粮、难听的话、难做的事，有着某种朴素的联系。所以，在难忍、难熬的环境中才会朝着美好的方面去想、去做、去追寻。

城市也是磨盘，拉长的是磨齿而不是一条条街巷，东南西北走多远，最终依旧围着中心打转转。转啊转啊，转没了唠唠叨叨的奶奶，转弯了山寨的妈妈那需要拐杖才能撑直的腰；把孩子转成了一年又一年的轴心，把姐姐转进了鸡、猪和儿女堆里。磨出了牵挂、离愁别恨，磨出了平凡但不平常的日子、渺小但不渺茫的愿望，磨出了玉米棒一样金黄的恩情。让我的心陪着记忆中的筛子，在人生的路上筛去粗的，留下细的。

1997 年第 5 期《挚友》

散文

青青，我的柿子树

　　我们家的那棵柿子树分成两杈：一杈结果，一杈只会开花。命运将一座山、几间老屋、一条青石板的山路和我安排在这棵柿子树旁，柿子树习惯听屋檐下的鸟争吵着啼醒山中的黎明，没人知道它经历过多少风雨，也无人计算它忍性和韧性的程度。外婆年轻的时候，用太阳色的柿子慰问过抗日将士；母亲年轻的时候，靠青青的柿子养育过三年自然灾害的村民。我降生以后，它是我的保姆，甜中带涩的柿子伴我甜中带涩地成长。然而，柿子树死了，死在开发区拓展洋街洋楼的时候。

　　摇啊摇，摇啊摇，摇篮挂在柿子树上，我躺在摇篮里，像种子躺在土里，语言发芽，目光发芽，那反复唱也唱不倦的摇篮曲，一天天储存进柿子树里，储存许多童年时光。许多年后，当鸟语和春雨结伴敲门，稚嫩的树芽拱破柿树皮，我趴在窗口四处张望，看外婆脱下半新不旧的鞋子给我换糖吃，小心翼翼像换鸡蛋一样把摘下的柿子装进提篓，拿到集市上叫卖："红柿子、鲜柿子，老人吃了润心肺，媳妇吃了生嫩娃，娃儿吃了像嫩汪汪的庄稼好养好长，快来买啊！"外婆在集市上吆喝，收钱时她数了又数，生怕多收钱或多给别人一分钱。回到家，她总要拿出一部分卖柿子的钱给我买笔、买本，"娃子，识多多的字才不会走你外公的路！"外公就是从这棵柿子树下离开家的，他亲眼看着保长写信，老实巴交地遵照保长的吩咐，将信送到县太爷那里，信中写道："送信者，壮丁之一也。"柿子花开了一年又一年，外公从此没再回来。

　　盛夏轻飘飘地降临，外婆喜欢搬了凳子坐在柿子树下，边乘凉边做针线活。我常和那些淘气的孩子偷摘生柿子，屏着呼吸，勾住树枝，爬到树上扯下几个，跳到地上就跑。外婆跺着脚想追追不上，远远地，留下一声责骂。外婆常说摘了生柿子，柿子树会疼的，我不信。有时我也摘些生杨梅放在兜里慢慢吃，或者点堆火，将青青的麦穗放到火苗上烧，用手一搓，青里透亮的麦粒散发着甜香。一次，我将大捧麦粒带给外婆，外婆劈头盖脸地训斥我还罚我下跪。我委屈地哭了，扎羊角辫的那个小女孩看着我被外婆罚跪，扯着尖嗓远远地嚷："老刁婆打人啦，老黑鹰吃小鸡啦。"外婆放下手中的针线去赶羊角辫，脚下一滑掉进沟里。羊角辫又跳着脚喊："没嘴的苹果乖、乖、乖，没腿的皮球摔、摔、摔。"我不知是逃跑还是去扶外婆,"别跪着,快跑!"羊角辫着急地喊叫,扯着我跑进菜园,跑上田埂,在外婆找不到的地方,我气呼呼地冲羊角辫挥拳头。羊角辫愤愤地提高声音:"好心好意帮你,你反要打人,不理你啦。""谁要你帮了?外婆掉进沟里我不去扶,还跟着你跑,爸回来了肯定又要揍我。你知道不知道,他打人比外婆还疼呢!"羊角辫怯生生地低下头,边摆弄衣角,边喃喃地道歉:"对不起,要不去我家,我把你藏起来。"她可怜巴巴望着我:"要不,就到周村我姨家去,对!跑得远远的,让你家人找不着。我姨可喜欢我啦,每次都要给我做白米饭,她家还有船呢!海子里有鱼,可以划着船撒网抓鱼。"突然她眼前一亮,"呀!我有主意啦!"她卷起裤角跳进稻田:"我们捉泥鳅,捉多多的炒给你爸爸下酒,他一高兴准不会揍你的。"羊角辫弯腰从稻田的这边摸到那边,偶尔抬起弄脏的脸得意地笑。那一次回家果然没有挨揍,可我怎么也不明白,摘生柿子,柿子树会疼,摘生杨梅和烧青麦穗,杨梅树和青麦秆也会疼,为什么呢?外婆很会保养柿子。她把柿子切成薄片,太阳一晒便成了甜甜的柿子干,或者用米糠将柿子分层埋在木盆里。转年的春天,柿子变得又红又软,用指甲掐个小洞,双手捧着,像嘬罐装的可乐一样,嘬里面蜜一样甜凉的柿子浆,实在是一种甜美的享受。每当羊角辫跟来,外婆便请大家吃柿子,一人一个。吃完柿子羊角辫跟我骑在牛背上玩耍,铃儿叮咚,山泉叮咚,那是何等无烦、无恼、无忧愁的童年啊!童年是窝雏鸟,长大便各奔东西,跟我在柿子树下一起长大的羊角辫如今在哪儿?外婆又在何处?似乎在青柿子小颗小颗的果子里、在柿子花小盏小盏的灯笼里,照着我青青童真,叠成折皱的年龄。

一个天上的仙女爱上一个地上的后生,天帝为了维护天条,派神兵处死后生。伤心欲绝的仙女用剪刀刺破喉咙，鲜血滴到哪儿，哪儿便长出树。这个传说是我在柿子树下听外婆讲的。我认识外婆像认识柿子树，春夏秋冬守着一方水土，她是我的田园写真，也是我的山中字典。那么多星星般的传说，一路露着和藏着，一闪一闪，仿佛柿子花和小柿子藏在柿子叶下面。

后来，我挎着书包踏进校园，渐渐觉得外婆不再是字典，每当外婆张口，我便捂着耳朵，挡住外婆无孔不入的叮嘱。外婆像寒风中的柿子枝整天唠唠叨叨，吵得人心烦。再后来，隐隐约约外婆与我之间拉开一道鸿沟，她说东我对西，她砌篱笆我骂鸡。就像我是我，柿子树是柿子树，我结不出柿子树的果，柿子树听不懂我的话，彼此不能沟通。

一个秋天，在遥远异乡的柿子树旁，雨很忧伤。一只哀鸣的大雁告诉我，外婆带着她的慈祥永远地到岭子那边去了。没有一条路通往岭子的那边，没有一个人再从岭子那边返回来。这时，我才发现外婆在我心灵上的空缺，永远无法弥补，只有清明时节，在外婆的坟头恭恭敬敬地插一炷香，让眷念和忏悔在眼中滚动、漂浮……外公从柿子树下被骗走，外婆从柿子树下被抬走，羊角辫从柿子树下戴着摘不掉的"黑五类"子女的面纱跟着一个大岁数男人到远方去了。我背着行囊走了又来，边走边丢失脚印，边走边握着陌生的手。人生的怪圈让我迟迟领悟：吃了生果子，柿子树会疼的。话不成熟不能轻易讲，事不成熟不能轻易做，爱不成熟不能伸手，思想不成熟不能引为真理。

别了，旧事；别了，外婆。在那棵被砍伐的、根向四周伸展的老柿子树旁，一棵新的柿子树在萌芽、抽枝，在倔强地站起。接着是几棵，接着是一片，有的近似红绿灯，有的本身就是霓虹灯，这是我新的生命。大换血，大嫁接，缔结现代物流的生命。羊角辫，那个晃着扎着橡皮筋的羊角辫，那个刷亮天空、刷亮我乌溜溜黑眼睛的羊角辫，她是否在霓虹点点的某个角落，一身物欲来回奔忙？还是在一座幽幽的寺庙，跪在无人注意的净地念着我的名字？……

　　我独步野地，站在山顶，向她和外婆邮寄真情，邮寄柿子树秘录和秘放的情节。然而，我不愿我的思绪陷进抱着枯枝像抱着神牌的过去；我不愿看到柿子树上筑满乌鸦窝，盯着未来的孩子为了几块糖，让外婆当掉鞋子，打起赤脚。憧憬犹在，脚手架高高绞起新柿子树的意图，敞开热烈的情怀拥抱现代人与红屋顶。一任岁月改变，这一片土地的树家族，依然是华夏根、华夏情、华夏味的芬芳。

1993 年第 2 期《三月风》

散文

听江

　　看到了江就该像孩子见了爷爷奶奶，撒开脚丫奔跑过去。哪有不忠不孝视而不见的逆孙？话别说得那样绝对，生活中真有到了江边不看江的人，这冷漠的家伙是谁？是我，是一个目中无彩的山中来客，不看江不等于不思江不听江。

　　江有何神奇？多长多宽？是何形状？这是儿时我最想知道的。可老师没讲，我也不敢问。这大概就是大山的孩子所谓的本分。我把疑问挂起，跑回家里问奶奶，奶奶对我比谁都亲近，她能自产自销许多山中的童话。但有关江的知识，大字不识的奶奶也闹不清，她只说一条水上段叫溪，中段是河，后段就是江了。上段涨水下段淹，上段无泉下段旱，这哪里是我想知道的。

我把江梦做在山间，等待着、盼望着，小溪小河成了我过江瘾的地方。我放下背着猪草的背篓，或是上山背柴的绳索，脱光衣服跟伙伴们高喊："游江哦！游江哦！"跳进溪中叽叽喳喳天翻地覆游个够后，赤裸身子躺在沙石滩上，望着青幽幽的天，晒干身上湿漉漉的水，那种情调舒服极了。日复一日，潺潺的溪水容纳了我和童伴清清的身影，小溪小河成了我最早认识的江。

看江的机会似乎来了。1981年我收到应征入伍的通知书，当兵走南闯北，不可能见不到江，玉米棒一样结实的伙伴们，让我看江后照几张相片寄回来瞧瞧。我答应着："好吧！"谁知军车毫不犹豫地将我拖进深山，指挥官的口令重复我脚上的血泡。别说看江，连小溪小河也远离营房十多公里。旱鸭子只有旱命！练不完的军训，滚不完的泥土，隔三岔五还龇牙咧嘴跟悬崖打交道。可江在哪里？江在书中，江在开水般沸腾的军营中。

这段日子，我有了进一步听江的机会，在连队我有幸结识了一位湖北籍老兵，他生在江边，吹江风，喝江水，玩江浪，人和江边小树一样长大。春风一过，树枝发芽，春水涨潮，人的感觉也跟着发芽。秋天江雾扯在两岸的树上，扯在山坡，许多景色悄悄藏进视野。他讲起江，时高时低的笑声蒸发着我，感染着我。日子相处长了，既听他介绍江又听他摆渡的故事。中学毕业，命运安排了他做桥的工作，我问他是拱桥还是斜拉桥，他摸着脑袋说是晃晃桥，原来是指渡船。摆渡那两年，他最喜欢捕鱼烧烤，剖开鱼肚子放上作料，经火一烧，浓香美味。他妻子最爱吃烤鱼，那时未结婚，他已经成了对方家里每天必到的半个主人。一个送鱼,一个烤鱼,鱼成了他俩的传情物。织网、撒网、晒网,他会妻子也会,两人的爱情网一般开始,网一般千头万绪连在江上。我好奇地睁大眼睛听着,想象着江边恋人的多情季节。后来我见过他妻子几次,长得秀气,格外勤快,到部队探亲不是帮炊事班做饭,就是到菜地干活,更增加了我对江和江边人的兴趣。他俩在部队结婚的那天晚上,他妻子的一曲《长江之歌》,让战士的巴掌都拍红了。他说,如果我喜欢江,退伍后到他那里定居,找个有情有义的妹子成家,包在他身上,就这样定了,不许反悔。他的手掌拍在我的肩上,两人在草地上嘻嘻哈哈,他要我请客谢他当红娘,我非要他为他即将出世的孩子接风先请我一顿。可半年后,命运的急流撞击在我们身上,他在战场为掩护战友永别地球,我也负重伤永别光明。

这些年,常听去过江边的朋友回来说,江没多大意思,没有海那样令人视野开阔,海阔凭鱼跃,心胸激荡。人只要到海边走一走,便会重塑豪情,鼓起理想之帆。这种话听多了,加上眼睛失明,即使到了江边也看不了江色,看江的欲望也就弱了。然而三十来岁的人了,丛山、峡谷走了不少,江都没有见过,这不能不说是件憾事。遗憾残留心底,每当广播、电视播映有关江的消息,依旧让我情感骚动,不知不觉收集了不少有关江的诗文和音乐的磁带,闲暇之余,打开录音机,独自在空空的房间听江。

黑暗像座牢笼闷得人喘不过气来,这时房间没有一丝风,一声响动,录音机掀开思绪,露出晴天,清风飒飒,站在桥上望江水,或者下起雨,树枝挂着丝丝缕缕的雨线。我在江边行走,多情多虑的雨打在脸上,打在岸边的青草上,我软软地走,踏着音乐走。繁华的江，落叶的江，带雾不带雾的江，任我挑选。描写江的诗文，纷纷扬扬，播撒江景，长出我短暂的视野，在《江河水》、《大江东去》、《江南好》等音乐的浪潮里尽情地游，任意发挥。柳树、芦苇、小船、江轮、峡谷、蓝天以及拉纤的号子，被旋律扯来占住我的想象，音乐的波涛洗涤头脑，冲刷落有灰尘的心灵。我热烈地倾听，独自坐着或卧在床上。音乐散去，心思又回到房间，现实又是漆黑一团。

前不久，我正站在《春江花月夜》的旋律中品味春景，收到一份长江笔会的通知，我本有事去不了，但听说笔会会组织从武汉到重庆，经过绚丽多彩的三峡，又激起我探江的情绪。妻子也说国家正新建三峡工程，疏通国脉，有些江景现在不去，将来想看也看不到了。对！走吧，关掉录音机到长江去，到大自然奏鸣中去。不能看可以听，能听会听也是一种享受。耳朵和心灵长上目光，不一样也是眼睛吗？

按笔会规定的时间我们迟到武汉一天，放下行李，我便唤起妻子去看江。黄鹤楼、莲溪寺、归元禅寺固然要去，可江先入我的幼年，论资排辈，首先也得访江。武汉大桥，附近江面毫无顾忌的开阔。没有险滩就没有急流，温驯的江面不见巨大的破碎。不知是想起童年，还是夏日火炉的效果，童男童女祭江的故事在我记忆里鼓动泡沫。水鬼水怪没有，人成为人的祭品不在感受之列，确有大自然祭物的幻想。站在江边总觉得是一炷香，头脑亮着，身心被酷热的季节蒸发、升腾。一个个躲避酷暑的脑袋泡在浅水湾，笑闹、呼喊从水面溅起，变成粗糙温柔的扫把，扫向沉闷的空间。青幽幽的江，青幽幽的情，至今我对江还停留在"日出江花红胜火，春来江水绿如蓝"的印象里。青水不是江，偏偏江水没有碧波。平常和发洪时长江都是浑浊的吗？我问妻子。妻子介绍，大量水土流失，工厂排放污水，船队的废料把长江污染得很严重。想见清澈见底的江，只能到千年前的文字里去找，这么说江水跟我想象的太不一样，长江"病"了，病得不轻，如此病下去还了得。但愿三峡工程能把环境污染列入首要问题，我依然站成一炷香，热腾腾为江祈祷。

江水是千条小溪还是万口井水之味？我想亲口品尝，谁都不那么干净，喝口污染的水有何不可。说服企图阻止我的妻子，随她来到人少的江边。捧水喝了一口，哇！味道丰富，一定有个神婆婆在长江源头倒了许多辣椒面和盐巴，否则江水哪能这样又涩又咸，我深深地品味着，还有酸奶味和甜味。我对看着我疑惑不解的妻子解释，甜味是儿时的愿望：在岁月的地窖里酿出的蜜，无数只蜜蜂和花粉才能酿出的结晶；酸味不能解释，有眼睛时无条件看江，有条件看江又没有了眼睛，人生许多事这样怪，你说不酸吗？感觉酸，感觉甜，有感觉比没有感觉强。

长江从天上来，到天上去，我属于长江，长江一样没麻木，它将生命的过程交给中国，从昏睡中醒来，从欺辱中觉悟，从战争的凌辱和风雷中奋起，用最长的距离，用最大的弯曲和转折，用古老而又年轻的身心喂大了沿途的城市，养高了一座座楼房，煮沸哭声、叫卖声、歌声，熬亮一个个太阳。给我柔性、韧性，给我大悲大喜，朝着大海跋涉，这就是长江，这样的江我能不听吗？听一听船上的江翁戴着草帽垂钓盛夏，听一听江轮的汽笛吹起摇动的手臂，听一听这条雄浑的旋律，演奏祖祖辈辈的希望……我蹲在江边，跟妻子谈起出自江边的那个老兵，谈起他的妻子、孩子，他要是还活着，也许今天，我当真成为江边人家的女婿了。

长江有太多的事情值得听，值得品味，两岸的防护林将广阔的视野小片小片地割断，青翠浮在树丛、芦苇上，红色和白色的屋藏在翠竹和薄雾深处隐隐约约，给人优雅自如的飘忽感。"讲啊！快给我讲。"我催促被风景吸引住、暂时把我遗忘一旁的妻子，迫切需要她的眼睛为我所用。一场大雨之后，天空裂开凉爽的缝隙，"梅花欢喜漫天雪"的神采，在成群结队的游客脸上暴露无遗。我们的船逆流而上，行驶到三峡口附近，开阔的视野猛然被峡谷集中变窄，随着景点左右牵引，赞美声、惊讶声和照相机的"咔嚓"声笼罩船头。"呀！淡绿的、乳白的、粉的、蓝的在神女峰前美极了，还有牛头、人像，还有绵羊呢！你想象得出来吗？"什么牛头马面，妻子所指什么，我一点不清楚。我搜寻着记忆，竭力想象那透明的奇观，是人拉马、骑马，还是牧马、赶马……一个组织笔会的工作人员见我焦躁不安，连忙在一旁补充："淡绿的牛头，粉色的人，蓝色的马隔着牛羊，仰头走在前面，人似乎坐着编篮子，唉！没有眼睛太痛苦，如果让您用一只眼睛换一双手，干不干？"断两只手换一只眼睛，这代价也太大了，不过眼盲是残中之残，没手可以用脚和牙齿代替，没眼却是想看看不到，想跑跑不了……我想了想，回答"干！"却遭到身边一个无手作者反对。

一场火灾让这位作者三岁失去双手，小学中学他吃尽了无手的苦头。他忧恍地叙述着自己的经历，感叹一声，各有各的不幸，就拿他说吧，见面时想握手却无手可伸。耳、鼻、手、腿各有各的功能，失去哪个部件都有想象不到的痛苦，残不可怕，怕的是看不到其他健康的部件位置。总盯着伤口，眼睛也要生蛆，残就残吧。天生我材必有用，只要有恒心和追求目标的执着，生活总有我的位置。就像这江，虽没有山的高大形象，却用无数条小溪的意志贴近大地埋头钻研，不自我封闭，不怕艰难，弯弯曲曲爬出一条路来，这就是生命存在的意义。人生如同江水，走到哪儿曲折坎坷跟到哪儿。如果江水不跟桥、不跟两岸的堤坝、不跟灌溉田野造福人类相结合，可能长江水就不是乳汁，而是眼泪和制造灾难的绳索了。人要像江一样，要有百折不挠的风格，无论是江还是人，尤其是残疾人，找不到支撑点就撬不动人生。不是无手就编不了美梦，不是无腿就踩不出闪光的路。半朵花儿照样香，半个月亮一样亮，只要有美好的愿望和实现美好愿望的努力，也能披肝沥胆，凿出一条伟大的历程。无手作者滔滔不绝，讲着江与人身相通的哲理，他像一片波浪，像一片透射力极强的江波撞击着我，融化着我。这是思考的波浪，自强自立、奋发向上的波浪，华夏的土地上，正因有这样一朵朵热血之波，才有时代不屈不挠的大江。

1996 年第 4 期《边疆文学》

散文

看惯麦田的眼睛看城市

　　大城市脾气大，处处烟尘四起，噪音飞溅，连走路都要加上一百二十个小心，说不定什么车什么人，在某个时段，突然对你发飙，麦田行走没谁对你发飙，没有什么车撞你，也没有人怀疑你有意"碰瓷"。耕犁时，犁跟着牛行，人跟着犁走；播种时，沿着犁沟，可点种，也可撒种。要是地处平原，用得上耕犁机、播种机那就更省心了，除了操纵手，别人不用下地，随意在地头和田埂找个地方，站着和蹲着，看现代化解放劳苦大众。不像城市，有红绿灯，该走不走招致骂声，不该行乱行，引来处罚。还不要说出车祸，赔偿比判刑更有负担，一个穷苦人砸锅卖铁，卖不出金价，连祖宗的黄胆都吐出来也赔不起。

最初进城他就这样想，为了证实他说的是真话，他还拿出逃逸司机做例子。为了不被麻烦纠缠，走路他一步三看。一步三看也惹麻烦，沿街花花绿绿，总会吸引他的好奇，精力集中到店铺和店牌，目光被拽到一边，身子撞了路人。第一个路人没理他，第二个路人看他慌张道歉，瞪了他几眼，撞到第三个，没那么幸运了，他挨了一记耳光，等他看清是个女人，自己也骂自己活该，谁叫他撞了女人，而且撞的是不该触碰的位置，他懊悔不及。

有了上次的教训，赶路时他集中精力，不再有人骂他流氓。他哪是流氓，查遍祖宗八代，只有一代当过乞丐，因为逃荒，充其量是乞丐的后裔，乞丐的后裔未必是乞丐，劳动光荣，他凭劳力吃饭，只为找份适合自己的工作。他从这街走到那街，从那街走到这巷，只要有店牌的场所，他都探进身子询问要不要打工的人，一连数天，他没找到用工单位。拐过又一个街口，他走进一家百货店，百货店不招人，他舔舔干裂的嘴唇，顺着店老板随手一指的方向左转右拐。城市街道又宽又平，比他的肌肤还亮堂，可小巷却深不见底，错塞进去费了好半天劲才把自己拔出来。原来城里的老板也不知城里的路怎么走。笑话！推崇时髦、引领时尚的城市人，哪能不知城里路怎么走？难说，凡事都有例外，谁保证处处熟悉。他走一路问一路，闯天下的行囊压得肩膀生疼。

肩膀生疼，也得寻找，尽管行囊里只有两套换洗衣服和一个漱口用的口缸。牙膏用完了他没找到工作，招待所花费大，他搬进桥洞住，搬进桥洞也没找到工作，他穿过人满为患，走进人声鼎沸，好几个用工单位不是因为工资低便是提供不了住处,他放弃了。终于在火车站,他降低工钱,找了一份扛包的活,这是他进城的第一份工作。降低工钱,总比身无分文的好,起码有了住处,尽管拥挤,他还是像躺在麦田的地埂上那般美美地睡了一觉。他美美地苦了一个月,美美地领了工资,他听说搭伙做饭比吃盒饭划算,于是划算地买了锅碗,在走廊的一角支起划算的炉灶。

果真熙熙攘攘,贩土豆的要比种土豆的人利润高得多。错了吗?这要问小数点,5点6读成6,5点4读成5。能说错吗?要怪就怪他不好好读书。从小,他对数字就反应迟钝,一想到小数点,便头痛。可城市偏偏热衷数字,小数点后不能遗忘,乘车也热衷数字,坐多少路车,找多少幢楼,第几个门牌号码,阿拉伯数字密密麻麻,纠缠思维,掏人脑髓,他揉着太阳穴,干吗要这么多数字,离开数字不能活吗?不能,这是生存规则,城市尤为突出。从一个数字望着另一个数字,从另一个数字窜到又一个数字,窜进水泥墙、窜进家具里,窜进生活的方方面面。数字套着数字,公式套着公式。

集资、投资、改建、扩建也数字套着数字,金额多少,面积多大,何地、何段、何时开工,从电视上播出来,从报上登出来。有的曾经在田间听过,大多涉及亩产,城里超越亩产,数据翻新,类似某人第几个丈夫、第几个妻子。谁又赚了几百万、几千万,孩子入学的赞助费多少。一只宠物买多少、赔多少钱,山村很少有这样的事,也很少有人提起。刚在城市听到,直感脸烧心跳,头皮发胀。一个人可以离婚、结婚、再离婚,也可以顺着邮编、网络赚吃穿。没人问、没人管。城市是个数据娘,养育忙忙碌碌、成片成堆的数字。

　　山中没有电视塔、珠宝店，没有昂贵的名牌货和洒着香水的冒牌货。家家盼望六畜兴旺、鸡鸭成群，时时都精打细算，小心翼翼过日子。看惯麦田的眼睛看城市——最梯田的市区，最牛耕马驮的车道，最果树的路灯，最化肥的烟囱，最小鸟的幼儿园，最蚂蚁窝的摊点，最鸡鸭的歌星，最峭壁的楼房……怎么看都还是山谷、果园、庄稼地。

　　他好奇地张望，城里原来这样。女孩穿衣裙越露越有人喊漂亮，本分斯文的小伙子反被说老帽儿、卖傻。从菜市场这头到那头，相差几十步，一斤悬殊好几毛。补鞋、买菜这类小事城里人斤斤计较，可到宾馆吃喝又不怕破费，要得多、吃得少。他疑惑不解。独自在没人的地方深呼吸。城里混熟了，他怦然心动。看惯麦田的眼睛见怪不怪，到菜场买菜他也会学着多走几步看看行情再挑选。看到短衣薄裙的现代风格，也会对别人优美的形体线条忍不住多瞟几眼。对他撇过嘴的人，也能成为朋友。主动带他跟有点来头的人一起清洗肠胃，不吃白不吃，吃了也白吃。爱嚼口香糖的朋友，对他开玩笑：不是外星人，干吗没反应？到舞厅泡两夜，既锻炼身体又锻炼情绪，你何苦拒绝人家邀请？或者拍着肩膀劝告：小子，花钱买浪费，买的是面子。管人家花什么钱，看不惯的你就别看。

　　看不惯的看了，听不惯的听了。城市越看花样越多，城里的同龄人越品越有味道。见面笑眯眯问"你好"，扭头便骂"乡巴佬"。就因是乡下人，有人丢了钱，怀疑的眼光都罩在他的头上。也有拿鲜花换他笑脸的人，他不笑，这可惹恼了醉猫似的女客人。人家往事深处有个难以割舍的旧人，跟他长得一模一样，看到他能不触景生情吗？叫笑就笑吧！何况自己是个男的。笑一笑也没什么，说不定因此撞出桃花运，可他偏偏出言不逊，骂人家"臭鸭蛋"，这能不发生争吵？为这事，老板差点把他当垃圾连人带工作扫出宾馆。老板是大数，他是小数。大数可以随时提升和抛弃小数点后的小数。他不怨老板，只怨自己气量太小，没有理解到客人的心情。望着灰灰的屋檐，他烦闷得只想哭，一只麻雀使他激动、温暖。麻雀为何到城里来，是不是也为展示生命的翅膀？他喃喃自语："麻雀、麻雀，你可知城里没有麦田，没有高大的槐树、亲切的草垛，供飞累的你歇脚？"

葵花子长满葵盘，城市是朵向日葵；一群又一群辛勤的蜜蜂拥向花蕊，城市是一座座蜂箱；城市又是魔术师，熊猫变成刺猬，狐狸变成鸡娘，豆腐房变成养生店，更衣间变成美容室，丑小鸭变成白天鹅。名不见经传的打工妹变成企业界的知名人士。阴变阳，阳变阴。有的变没了，没的变有了。热点前簇后拥，冷寂互不捧场。游乐场、交易所、舞厅、酒吧、经济开发区，如火如荼，近似疯狂。

轻音乐不疯狂，不如摇滚心荡，田园曲也很悠扬，不如流行歌嗲声嗲气地唱，只要快乐，管你来自何方？洋酒、洋舞喝下去、跳起来舒不舒服，舒不舒服另品，关键那叫时尚。耳朵是新换的吗？鼻子拉了几刀，有没有殃及眼眶，殃及眼眶并不重要，重要的是拉皮植骨，美在当场。天真的感觉也不重要，重要的是婚姻能拥有车子和住房。吃饱也不重要，重要的是忙于社交和工作。穿上笔挺的西装，西装也不重要，重要的是有一股劲。一股劲也不重要，重要的是紧紧地牵着女友的手。紧紧地牵手也不重要，重要的是他还年轻，有老人不再有的成长。

城市也在成长，街缠着街，院套着院，有形和无形的墙将城市垒成大片大片的格子，让飞蛾往里钻，让虫子往里钻，让蜻蜓和他往里钻。塞进去，填进去，错了，咬伤了，又换了一条花花绿绿的街。花花绿绿的生活眼花缭乱、头晕目眩。他越看越看不懂，越不懂越觉得深奥、精彩。越精彩越无奈，越无奈越觉得一事无成，不能轻易退出。他瘦了，大龄了。下巴上滋起了毛茸茸的胡须。他的手指长久地捻着胡子。麦芒？难道这是麦芒？这么说，他是一株麦穗！难道这一辈子注定成不了参天大树？他为成不了大树而痛苦，又为走出封闭的山村而暗自庆幸。他在纠结中感慨，在矛盾中闯荡。看惯麦田的眼睛怎么看城市，都跟绿油油的麦田不太一样。

散文

星星树

　　星星树又亮了，一眨一眨照在秋子的心底。她坐在溪边，溪水的波纹拉着思绪跳向远方，从懂事时，她的头脑开始综合宇宙的轮廓，天是蓝色的，她不知道是否像常人眼里的大海一样蓝。星星树照着，枝又繁又密。海水是咸的，天上的水也是咸的吗？她想天和地都和草地一样又软又平。她将问号一个个挂在星星树上，问了一堆一堆的问题，扭过头来，身边无人，搬不开的还得自己解答。过了一天，她坐在沟边，这不是流淌在想象中的溪水，而是伸手可触的浅水。她接着抬头问洗衣服的娘："绵羊不会发怒，怎么天上的白云会发怒呢?"娘停下捶打衣服的木棒,张了张口不知怎么回答。

秋子,这个名字乍听起来像日本人的姓一样,其实生在哪里并不重要。一个秋天,秋子的娘到车站卖菜,一个陌生的女子将怀中的孩子托她临时抱一下,可她在车站抱着孩子等了三天,也不见那个打开水的女子回来,娘看孩子可怜就把她抱回家。总要给孩子起个名字,想来想去,孩子是秋天捡来的,就叫秋子吧。农村的孩子像小狗好喂好养,给什么吃什么,很快她就长得像瓜棚上的瓜又圆又嫩,除了双目失明,别的并不比其他孩子差。娘总是给她好吃好穿,秋子乖乖地长到五岁。某一天,邻居毛毛给她生日鸡蛋吃,她问毛毛什么是生日,毛毛告诉她听大人说生日就是孩子从娘肚里爬出来的那天,她是捡来的,所以没有生日。秋子噘起小嘴指着毛毛叫:"我是我娘生的,你才是捡来的。"秋子回到家,第一次揪着娘的衣襟问:"别的孩子都有生日,我怎么没有?是不是娘把我捡来的?"娘将秋子拉到怀里告诉她,娘在外面卖菜将她生在外面,没过生日是娘忘了。从那以后,每到初秋的一天,秋子的兜里都装着娘给她煮熟的两个鸡蛋,娘说啦,红皮鸡蛋要慢慢吃生日才长,可秋子总是留不住,蛋皮还没暖上体温,早和小伙伴们一起分吃了。她和其他小伙伴们藏猫猫,她的耳力像猫一样灵敏,能从轻微的声音判断小伙伴们藏的位置。小伙伴们让她藏的时候,她要小伙伴们闭上眼睛,有时伸手摸摸小伙伴们是否闭上了眼,小伙伴们都一样调皮,她刚转身便睁开眼睛看她所藏的位置,然后装模作样东找南找,最后才把她找出来。小伙伴们占了便宜高兴,她也跟着傻傻地高兴。我觉得秋子可怜也可爱,闲时也跟她逗着玩。我故意把稻草弄得很响,蹑手蹑脚走到一边,她以为我藏在稻草里,翻来覆去扒弄草堆,接着，她一动不动用小猫的耳力听四周的声音，突然她捂着肚子哇哇叫疼，我不知是计，急切地跑过去，她一把抓住我，兴奋地在草堆上打滚："找到了，找到了！"跟秋子熟了，我发现她小小的心灵有许多想要知道的事情，她问火车是什么样的？月牙是什么形状？月牙的形状像镰刀，她喃喃自语："有长长的把，天上的庄稼是什么？"我听着秋子的话，告诉她月牙像镰刀但没有把，为了让她形象地知道，我动手给她做了个纸船，第二天，秋子欣喜地站在我家门前，稚气地说她见到星星了。我以为她随口说着玩，随口说了句："乱说，你怎见到的？"她着急地分辩："真的见到啦，星星像苹果，像你说的一模一样，每颗星星都有苹果的把，结在一棵很高很大的树上，我飞得很高，很远就闻到星星的香味，坐在星星树上一口气吃了好几个呢，是甜的，像苹果一样脆，我随手摘了两个，装在兜里带来给你吃，梦就醒啦。"没听秋子讲完，我憋不住地笑出声来："星星有把还带香味结在树上？"她疑惑地听着我的笑声，红红的小脸黯淡下来。看着秋子失望的表情，我不想让她难过，停住笑声说："秋子，你的梦做得好，星星的确有把，但把和树不会发光，所以一般人看不到。"她听我肯定她的梦，暗淡的脸又露出幼嫩的光泽，没想到秋子小小的世界那样活跃那样丰富。

秋子能干活啦，她帮着娘抱柴烧水，跟着娘将捆好的麦子一捆一捆堆在一起，速度缓慢，但很有次序，汗珠子油晶晶的闪在脸上。她折根树枝坐在荫凉下画她的星星树，她不想也不允许别人拿星星树乱开她的玩笑。大人们干活累了，有的抽着旱烟，故意找她斗嘴。她丢掉棍子扯着尖嗓子嚷嚷："星星就是有树，没有树怎么会结星星？如果星星没有香味，晚上的菜地怎个比白天香？连星星的眼泪都是甜的，你们只知道弯着腰种啊割啊，不信你们用舌尖舔舔菜花上的露水！"众人被她说得面面相觑。大人们逗她："太阳是什么？你懂你告诉我们。"她带着生气的语调说："你们欺负人，欺负人，雷公公会降灾的，告诉你们太阳就是娘，娘的颜色就是太阳的颜色，娘是暖的，所以娘也有光。"大人们卷着裤腿，眨巴着眼皮笑，听秋子尽说些听不懂的话。她们想这孩子怪怪的，那么小就托着腮帮发呆，总说些疯话，她说她有棵星星树，是不是因为得了魔障才这样？秋子渐渐觉得每当和娘说出她不懂的事，娘都很着急，她不知这是为什么。为了不让娘着急，那些有关星星树带来的问题，她不再当着娘的面问了，她跟在娘的身后学着播豆、淘米，奇怪的是她到菜园掐菜从来不会把菜踩倒，她听娘讲过，每根菜只能采一两片叶子，采多啦，没有衣服穿，会像小孩一样晒死和冻死的。她快活地把菜叫作"菜宝宝"，她站在菜地中央，将一根菜花扒到跟前，手指在嫩汪汪的花瓣上拂动，长久没有作声。我站在自家的菜地本想过去问问教她的字会写多少了，但一想秋子一动不动抚摸油菜花，一定是星星树又亮了，我不能惊动她，这个时候叫她，她的星星树会枯萎的。

跟秋子玩耍的小伙伴一个个从她身边离开，挎着书包上学了，秋子死活吵着也要上学，坐在地上抹眼泪。命运对大人冷漠，同时也拒绝孩子的泪水，偏僻的山村，明眼的孩子上学都要跑上几里路，当然更谈不上有盲童学校。娘的眼眶红红的，把秋子抱起来，掸去她身上的灰土，嘴里不停地念叨："秋子乖……秋子不能到外面学，可以在家里念。"也许是秋子的那份渴望打动了我，我竟然答应课外教她。作为教师，谁不喜欢好学的学生，每当放学回家，我便给她一根树枝教她在地上写字。然而眼盲将给秋子带来什么，我也说不清楚。秋子是个特殊的学生，一有空我便把着她的手，尽量把所教的字放大几倍，画在地上，让她先感到字的形体。秋子喜欢蹲着在地上练字，她很少使用白纸，即便我借给她，她也不用，也从不让她娘买，大概不想让家人破费。为了不让字和行重叠，我专门用一张牛皮纸按作业本的格式剪成一排排小框当辅助用具，写字时，牛皮纸压在白纸上，笔尖沿着剪出的框格有次序地写在牛皮纸下的白纸上。

　　她悟性强，也很认真，平时十分贪玩。虽是女孩却隐藏着一股子男孩子气，她爬到树上烤太阳，树杈压得弯弯的，随时有掉下来的危险，她看不到所处的环境，也就没有意识到危险，这反倒给别人制造紧张和担忧。为爬树，她娘没少责备："死丫头，瞎摸闭眼的，要是手腿摔个三长两短，娘死了你咋办？"秋子挪下树，娇滴滴地依着娘说："娘，别着急，你不会死，我叫死不了，你叫不会死，以后我听话。"过生日的那天，我将送她的铅笔和练习本高高举在手中："秋子，猜猜看我给你买的是什么礼物？"秋子猜不着，踮着脚尖够我抬高的胳膊，那样子像馋猫仰着脸够挂在墙上的咸鱼。她兴奋地拿过礼物，用我给她的纸笔画了一棵星星树。至今她送我的那幅画，依然令我琢磨：那张画上的星星树只画了一半，便被纸边陡然切断。我不知是她有意去掉上半截，还是由于纸张空间太小的原因，只画了树的下半截。枝没有叶子，凸凸的结满星星，有的圆圈没有连上，看上去像星星张着嘴巴，有的纯粹像短尾巴的蝌蚪。可能画时纸张没有放正，树向一边倾斜，怎么看都像要倒。每当看到这幅画，我便想起她站在菜地里抚摸菜花，心就像纤维碰到火收缩，耳边飘起秋子的询问："天是蓝的，地咋个不蓝，人有蓝色的吗？老师……"她习惯称我老师，尽管我比她大不了两岁。她一脸学生的神态，"我还没坐过火车，什么时候我挣了钱，你能带我去坐火车，去坐轮船吗？"秋子的愿望太平常，但对她来说却不是一件普通的事。多年后，她依旧没离开山村去过远方。人就是这样，在娘肚子里的时候就注定各有各的不同。

　　星星树又亮了，秋子坐在溪边想她的世界，阳光静静地洒在她的头上，溪水一闪一闪地流动着。她是个弃儿，是个有娘疼爱的弃儿，我呢？我不是个弃儿吗？偶尔被地球收养，噘着地球的乳汁长大，跟着地球从这个站台漂泊到另一个站台。

1993 年第 2 期《人民文学》

散文

小黑菊

时间的长河漂白记忆，许多人和往事如行车中的风景，逐渐淡去。但有一个人却时时浮上心头，分外清晰。

小黑菊，一个偏僻山村的女娃，柳眉杏眼鹅蛋脸，因皮肤黝黑，人们称她黑菊。她个儿不高，那年十二岁，穿一件半新不旧的蓝布衣，衣上掉了一颗扣子。春天刚过，果实未熟，她便爬到瓜棚上扯李子，李子树是别人家的，瓜棚也是别人家的，她慌慌张张，能够到的她站在瓜棚上摘，够不到的，她抡起手中的竹棍打。打下的李子有的落在瓜棚，有的透过瓜架落在地上。看四周无人，她捡起瓜棚上的李子，扔下手中的短竹棍，跳回地面，惊起几只山鸟。

山鸟在空中盘旋，她的眼光在空中盘旋，飞鸟兜着弧线落向某棵树，她的眼光落在某棵树。也许鸟翅画出的弧线，取代不了孩子们快乐的玩耍。她弯腰捡起打落在地上的淡红淡红的果实，擦着果实上的泥，眼睛羡慕地望着远处跳绳嬉戏的娃儿们。娃儿们抬头看她时，她低下头；娃儿们专顾嬉戏，她抬眼看着，似乎只有这时候，她的脖颈才敢轻松地撑起脑袋。娃儿们也有意无意回避着她，路上相遇也只是小心地瞅她几眼，那时她的脸上贴有标签，一张凑近会招惹麻烦的无形的标签。

这张标签，是她阿爹给的，贴标签的却是别人。她爹好吃，吃光啦；赌，赌光啦；骗，骗不到；偷，实在偷不着。他捡堆碎卵石放在油锅里煎炒，油炒的石子，端上桌，灌口酒，夹起一粒卵石舔舔油，放在一边。这粒舔完，舔下粒。舔净油的石子，堆在一起，下顿接着炒，接着舔。石子常未舔完，手中的筷子已被从黑菊妈头上薅扯下来的头发绺取代。黑菊妈的惨叫针一样刺痛小黑菊，她不愿阿妈受辱，辍学在家干起农活。借油赊米次数多了，阿妈无脸求人，她替阿妈接过别人的脸色。

我比她大不了两岁，虽没歧视过她，但也老大的看不起。跟她说话最多的一次，是她偷我家的荞丝。（荞丝，荞面所做，煮熟冷却成块，勒成条状，筷子粗细，摆在竹席晾晒而成。）我藏在高高的草垛上，看守晾晒的荞丝，见她东张西望走来，立即像猫一样警觉。她来到竹席旁，唤了几声，无人应答，以为荞丝无人看管，抓起一把扭身就走。我从天而降："贼偷荞丝啦，打毛贼！"她惊慌失措，羔羊般哀求饶恕。"放你？休想！""求求你，我阿爹病久了，想吃油炸荞丝，别人家不借。""不借你就偷啊?！走，找你阿妈去。"我拽着她，去找她阿妈理论，她不肯。她扒着篱笆桩，手中的荞丝洒落在地，我勒令她捡起。当大滴大滴泪水从她脸上无声滚落，我害怕了："哭啥，我又没打你。"也许，泪水的力量能够穿透一切。我拾起洒落在地的荞丝，塞进她手里，怕一把不够，又从竹席上给她抓了一把。"以后别再偷了。"此后数日，她远远躲着我。本想跟她说，我没把她的丑事告诉别人，由于我急着返校，未能跟她讲。

再见小黑菊，是在县城汽车站。学校放假，我打算回家，未到站台，忽听有人叫我"二蛋哥"。这种地方，谁会叫我乳名？我顺声寻去，小黑菊钻出人缝，见到我，如微波见到阳光。二蛋哥、二蛋哥，叫个没完。"什么二蛋、二蛋的，城里要叫学名。"遭我冷眼，她顿时像根晒蔫的黄瓜。上了车，她说她到城里，是陪她爹治病，她爹得了肝腹水，想入院治疗，花费没带够，医院不收，她回家找叔叔大爷凑钱。小小年纪，承担着与年龄不相称的事。我心底漫起一丝同情，掰了一节我买的、我娘念叨了两年没吃上的麻花给她。"油绳，给我的?"她诧异地望着我。"你不是没吃饭吗?""这太贵了，还是给你阿妈留着吧。""叫吃就吃，别那么多废话。"她捧着麻花不知如何是好，憋了一阵，还是问我："二蛋哥，我能把你给的油绳捎给我阿妈吃吗……"忽然，一个声音打断小黑菊："无票乘车是违规行为，你懂不懂规矩？你闺女给没给你车费我不知道，我只知我的工作是收钱卖票，没票下车。至于你的钱是车站丢的，还是上厕所丢的，那是你的事，我管不着。"我扭头一看，见售票员正朝一个婆婆嚷。老婆婆邋里邋遢，提着竹篮，她哆哆嗦嗦将手伸进篮子，取出两个鸡蛋，凑到售票员跟前，想要拿蛋换票，遭到严词拒绝。

老人转向旅客，期盼有好心人买她的鸡蛋，尽管价钱减半，老人急切的目光中仍然是众多无动于衷的表情。售票员见她掏不出钱，便让司机停车。老人没站稳，绊在别人的行李上，险些摔倒。她只顾保护篮里的东西，手上的鸡蛋落在地板上，碎了。老人赶忙趴下去捡鸡蛋，抓了几次除了抓起破碎的蛋壳，便是手上沾满黏稠的蛋液。看着老人痛惜而又无助的眼神，又听售票员指责老人弄脏了车子，小黑菊离开座位，拉起婆婆，询问老人到站需要多少钱。"五毛"，小黑菊喃喃重复着，手伸进裤兜，摸捏了一阵，像是下决心将什么东西拽了出来。抽出的手捏着两毛皱巴巴的毛票，这是她没吃中午饭省下来的。我没想到她会帮助老人，她自己回村还不知能不能凑齐她爹的医疗费，她自不量力，充起大头。掏就掏吧，反正不是我掏，我冷漠地将脸扭向窗外。"二蛋哥、二蛋哥。"我看着风景，装作没听见。她凑到我身边扒了扒我的肩膀："二蛋哥，你那里有没有三毛？"我打心眼里不愿理她，但她已张口，我不能在同学面前栽面子。"哦，钱呀，嗯，我想想。"我实在不想垫钱，三毛钱足够我两三天的生活费；但不掏，同学面前无法言说。我只好耍了个心眼，站起身拿撞碎的鸡蛋说事，有同学声援，我一呼百应，把司机和售票员说得脸红脖子涨，只好同意破蛋抵票。

这件事后，我一直疑惑，一个连荞丝都偷的人，怎么会在自己急需钱的时候，毫不吝啬地把钱给了别人？也许在老人眼里，她是善女，是懂事，是雪中炭；而在我眼里，她却是毛贼、傻妞，是倒霉蛋和说不清。

寒假回家，我从县城买了几张年画。这个季节，没有多少农活可干，大人们忙于走亲串戚，小孩们炒作着迎春的喜悦，沉静的山村，被娃儿们搅得热气腾腾。小黑菊蹲在水池边洗菜，看见我，菜扔进盆中，迎上来："二蛋哥，你放假啦，你手中拿的是什么？让我瞧瞧。"她抢过年画，一张张抖开，"哟，羞死人啦，这女的穿这么点衣服，也不怕冻病。这鱼傻大傻大的，尾巴还翘着，真的一样。""废话，不真能上画吗？"我不耐烦地吹吹鼻子。看完画，她的眼神暗淡下来，"二蛋哥，求你件事。"我以为她又想跟我借东西了，鼻缝里哼道："啥事？""快过年了，我想让我爹回家吃口年饭，怕他认错门，想有对黄纸祭联贴在门上。"张贴祭联，招魂进家，怎么她也痴迷这个？我无心嘲笑她什么，她还是个孩子，我只是想，她爹活着没给她带来幸福，死了大半年，她怎么还念着让她爹吃上热乎乎的饭菜？我理解不了这心境，猜想，她一定很想她爹。那几天，她惦记着心里的爹回家团圆，有空便缠着我。

　　祭联写好，她抱着一个纸包，出现在我家门前。上次偷荞丝，她还记着偿还。我忙着用竹棵掸扫屋尘，听说还荞丝，头也没回。"谁让你还的？我让你还了吗？拿走。"让她拿走，她站着没动。本来她想晒了新的，多还一些，现在来不及了，她得跟她妈走。"走？到哪儿去？""远村。""远村是什么地方？""陈庄。"到陈庄干啥？没听说她家那儿有亲戚，我扭过脸来，这才注意小黑菊。她低着头，情绪委顿，身上的蓝布衣，皱巴巴的，掉了那颗扣子的地方，缝了一枚灰色的小扣，见我看她，她停止摆弄捏错衣角的手指。"没事你到那儿干啥？""我……是阿妈……"她吞吞吐吐，满脸涨红。原来是她妈想带着她改嫁，对方是个丧偶的兽医，她爹治病欠了钱，她妈无力偿还，想通过改嫁还清债务。这是好事，有啥难为情的，她一个小丫头片子，何必在意这些事情。"可是……一百多里路……以后……""以后怎么了，不就是那点路程，搭完车子，走山路，一天也就到了。关键不在这儿，而是有人替你家还债，这样一来，你不仅不用再做童工、干农活，还能回学校上学，多好的美事。"我说是美事，她说是卖人，她妈自愿卖给别人，还要搭上她。"这怎么是卖自己，而是你妈带你去寻好日子过。""要去，她去，我不走。人走了，家空了，现有的一切都没了！"年龄不大，还什么都惦记。就她家的那个一切，也值得挂在嘴边。别说破锅烂柜值不了几个钱，就连整个生活都鼠吃虫咬，烂糟糟的，谁在乎这种挂着虫吊的日子。

我不在乎，她在乎。这是家，再不值钱，也是家。不像到别人家，吃的住的受人气。哦，她是担心到继父那儿，寄人篱下，看人脸色。"这怎么会，人家是土医生，家境不会太差，不会在意谁多吃一口，少吃一口。"她声音哽咽："那我也不去！""不去也得有个说头，没说头，你凭啥不去？"我这样一说，她将荞丝送进屋，躲到墙角抹眼泪去了。

次日，我从她家门前过，见到我，她还是低下头。我问她想好没有，她说她想求她大伯，将她留下。此后几日，她家的木屋断断续续传出她的哭声，我想，她一定是因为顶嘴，受她妈责罚了吧。听着她稚嫩的悲伤，我很想帮她，但又觉得无济于事。我虽改变不了她的处境，但也不能见她孤立无援，连句安慰的话都没有。我跑到供销社，买了纸笔，供她以后上学用；手绢包的糖，让她路上吃。她走了，一步一回头地走了，没谁挽留，没谁相送，消失在青烟缭绕的山道。

从那以后，小黑菊一直没回过村，有关她的情况，也只是从她大伯那儿，支离半截，听过一些。后来，不再有人提起她，我也就逐渐把她忘了。再后来，我参军在前线负了伤。也不知她从哪儿打听到的消息，专程跑到我家，死活要了地址，赶了几百里路，前来省城医院看我。可惜我因伤情恶化，中途转院，未能见面。

多年后，我回老家探亲，坐在晒场烤太阳，忽听不远处有人叫哥，起初我以为是叫别人。等了一会儿，叫哥的人离我越来越近，我听到哭泣和急促的脚步声。"谁？怎么了？""哥，你怎么这样了？我是菊。""菊？"我脑子里快速搜寻着记忆，难道是她？小黑菊。我深感意外："怎么是你呀？"她拽着我，像拽着失散多年的亲人，紧紧抱住我的胳膊，像是一松手我会突然消失。许久，她蹲下身，抑制不住的悲声。

这个当年不能搭理，搭理便会找上门借物的人，不是此时此刻见面，她几乎淡出我的记忆，而她对我却如此真切，让我有些不知所措。我不知如何宽慰她，只是一遍遍重复："别哭，这不是挺好的嘛，比起牺牲的战友，我这点伤算不了啥。你瞧，除了双眼，我的胳膊、腿、手一样不缺，不都还在。"在我家的那几天，听她丈夫说："这些年，她总是念叨你，常听她对孩子讲你是孩子的舅，是她现在唯一的亲人。跟你相处，你没嫌弃她、排斥她，你是第一个让她抬起头活着的人。没有你，可能她一辈子直不起腰。"听了这些，我心里酸酸的，不知说什么好。其实，我没帮她做过什么，如有，也只是几分鼓励、几分同情与包容。相比之下，我为她做的那点微不足道的事，无论如何也抵不过她对我多年的牵挂和看重。

散文

昆明印象

冬天无雪，如有，也属偶然。倒是秋的目光拉得很长，穿透山峦，忧郁地望着你，望着你秋高气爽，望得你发愣走神，只想给某个对得起、对不起的人即刻联系。昆明无雪，确切地说，没有寒冬。

它的夏祛了暑味，细细品尝，既不干涩，又不油腻。唯有冬没地位。以残酷见长的严冬到了这儿也富有人情味，好不容易在深沟理出些头绪，春天伴着新年的鞭炮、礼花噼噼啪啪从地上、树上炸开、绽放。

开花不是重点，它的重点是有花不失本土色彩，有林不少异国情调。它涵盖太多内容，不缺开心枝、歇脚树。

来自造物主的安排，给它锤錾，百丈悬崖立为龙门；给它劈山斧，层峦叠起铜铸金殿。将它置身于低纬度、高海拔，又给它坝子，给它浩渺，给它海阔凭鱼跃的天池；赐予它不枯萎、不凋谢园林，让人感叹大自然的鬼斧神工，却不挪地方，给它悲伤的故事。一个叫阿诗玛的女孩，在追求爱情与自由的路上，落入权贵制造的山洪，听着恋人深深呼唤，化作青石，背着背篓，永远站在思念中，诉说天地人间。

昆明不缺神话，类似故事还有"睡美人"。她躺在滇池岁月，到了现在，腿脚依旧未冻僵，青丝飘洒在波光浪影上，身体的曲线还那样优美。"起来吧，我的祖母！地上潮湿，在生老病死透着商品气息的今天，你该发挥更大作用。"我试图将她拽起。然而，她已够不幸的了，成了禁锢的青山，依旧躺着为子孙造福，就像阿诗玛站着出售门票，风风雨雨眷恋着家园。我还嫌她走不出园林，成不了商品经济的代言人，打磨不出跟她一样的系列品牌。

一石、一山，因造型像人产生故事，因故事赋予山水丰富内涵，也因美的张力，让我忘却悲剧，一头闯进梦幻人生。

这是神秘的地方，它让远行的人有没有牵挂都义无反顾，让喜欢花的人愿意做蜜蜂，喜欢水的人甘做清泉。这是怪怪的地方，待在任何一处都觉得待在天堂。这使大山深处的人盯着深沟，产生幻觉：金窝、银窝，不如山窝；同一说法还有常走的山坡不嫌陡。也有不甘于现状的"逆子"，在跟着祖辈丢圈子的山弯，彷徨许久……接着，一群、一路，穿越大山，走向山外。昆明，穿透历史，穿越冬季。它略带微笑，穿越现状，这是走着、站着，累与不累、忙与不忙都容易做梦的地方。

我不是昆明人，但在金殿栽过树。从栽下那一刻，我已把自己当成当地的一株山茶。走进昆明，你会发现许多类似我这样异乡变本土的山茶和树木。尽管现实还有本地花、异地草之别，但他们已跟当地的山水一道，构成昆明独特的风景。

在北京多年，朋友外出旅游，我总是像朵山茶，叙述着高原情结。谈起昆明，特色小吃、旅游盛景头头是道。可要问到城市特点或者特色昆明，我就迷糊了。什么才是它的特征？是环保、城市建筑，还是它的烟厂？

气候不用说，众多的城市，只有它有春城的美名，大自然让它天气常如二三月，花枝不断四时春，可见特别。高原风光也用不着再叙，池中月、山中天，隐约而又直露，苍茫而又具体。尤其乡下，深远不只一季，蓝瓦瓦的高远，离山很近，让人伸手就能摸到似的。

稍加留意，身边有不少有特色的东西。喀斯特地貌有没有特点，天然博物馆是不是它的特征，壁上脸、崖上雕有没有它的特色，还有娄关月、耍山调，它的烟波，它的方言习俗。也许丰姿绰约，躺在自己眼泪里的"睡美人"流露了什么；也许逸冬的红嘴鸥、引种在圆通山的樱花能说明点什么；也许吼出最强音的昆明人聂耳，早说明白了什么。

民族村不是宏大建筑。作为景点，它浓缩了不同民族的生活剪影和建筑风格；作为窗口，它集中展现了当地的民俗风情、文化艺术。然而昆明的人文风土岂是一个民族村、几处风情园就能展示的。世博园是这种思维的延续，只是里面装的不只是园林艺术，还有科技文化、现代管理。吸收、融合与创造，振兴了一个岛国民族，同样能振兴华夏大地。这种集四方之源、天地之气的容纳，才是昆明现在和将来最富感染力的特色。

散文

母亲

妈妈是谁？是给我天、给我地、给我生命、给我世界的"造物主"；妈妈是谁？是第一个听我啼哭、教我学语、陪我学步、伴我成长的女人；妈妈还是谁？是知我冷、给我暖、围着我默默付出、从不计较，又是我容易忽视的那个人。

我的妈妈不是工人、不是学者，更不是什么领导，她只是个农村女人，不懂你的网络、酒吧，不懂你的街舞霹雳舞什么流行歌现代舞。她没有特长，但有特点：第一个特点是个儿矮，1米50的身高，别看她刀眉杏眼，皮肤黝黑，不识字，她一生的白马王子却是鼻直口阔、气宇轩昂，方圆数十里公认的美男子，不像妈妈要什么没什么，普通得不能再普通。

妈妈的第二个特点是善良谦卑，有善良的地方就有母亲，如果善良是母亲共有的，谦卑却不是人人具备。妈妈的谦卑，谦弱卑强，那是因为"嫁鸡随鸡，嫁狗随狗"的观念。父亲怎么说她怎么做，做出的成绩自然属父亲所有，她闭口不谈。连家务这些父亲很少做的事，她也不会炫耀，她处处把父亲推到重要的位置，时间一长，谦卑变成了容让与卑微。

容不了便忍，忍不住一转身边走边发几句牢骚，像是对地说话，又像喃喃自语。我出生的时候，父亲已没了新鲜劲，因为在我之前已有了哥哥姐姐。按父亲的话，生儿育女是女人做的事，男人们替代不了，他不关心我妈怀了几个月，何时临产、分娩，只顾干他的活。生我的那天他往地里送肥，我妈挑着粪草跟在我爹身后，我爹挑一转，她挑一转。上午我妈已感腹痛忍着没说，到了下午疼痛加剧，我妈不愿把我生在山上，这才跟我爹说我先回家了。我爹以为我妈先回家做饭"嗯"了一声。我妈回到家，放下挑子，转到石磨后，自己给自己接生，自己将剪断的脐带、胎盘扔进粪筐。她拿过破毛巾，简单擦去我身上的血污，用尿布捆好，将我递给从菜园掐菜回来的外婆。

坐场月子我妈只得了两块红糖，半斤鸡蛋，这还是因为生了男娃，要是生个丫头，恐怕连这种待遇都没有。加上邻村亲戚送来的一升米，这已是我妈引以为豪，至今谈起还念念不忘的事了。

月子坐完，母亲吃的跟家人一样，白天下地干活，晚上回家洗衣做饭。由于缺乏营养，我妈奶水不足。她见我吃不饱，点燃松明，拿来玉米，推着石磨磨面。眼神不好从小害青光眼的母亲担心玉米面留下沙子杂物，磨面时总要捧起玉米，凑到眼前，细细查看，磨下的面用筛子筛了又筛，确定细面没有粗皮，才给我熬粥喝。挑剔的我一喂粥便哭，妈妈只好用鸡蛋换来白糖，掺在粥里。有了糖粥，我不再哭闹。可每次吃完，依旧要她抱，头埋在她的怀里想吃奶水，妈妈只好一半奶水一半糖粥喂养我。饥渴的我母乳吃个半饱，便开始捣乱，重重地咬她的乳头，她"哎哟"地叫着，恨恨地朝我扬起手，那粗糙的在我眼前晃动的手掌，最终在我无知的嘎嘎笑声中轻轻垂下。

隔三岔五我总要发次高烧，本没多少耐心的父亲，被我折腾几次，早就不耐烦了。他不以为然，"不病长不大，这孩子死不了"。可妈妈不然，她总是张皇失措，时而抬手摸摸我的脑门，时而拿湿毛巾给我降温。无论夜多深，只要高烧降不下，她便用衣襟把我包得严严实实，去找那个会点巫术的土医生。医生边给我身上挂符，边撬开我的嘴，给我灌药。有一次，灌完药，我手脚冰凉，没气了。妈妈企图用眼泪留住我，父亲阴沉着面孔："蠢婆娘，哭顶个啥用？把孩子给我，娃子都断气了，你抱着不放想做啥？"他去抢我妈怀中的我，我妈不放，在旁人的劝说下，我妈只好松手，坐在地上撕心裂肺地哭。我爹训斥着我妈，将我塞进破褛衣，放在草垛上，打算陪土医生吃完晚饭，把我抱到乱葬岗埋掉。该我命大，没等他们饭吃完，我竟然发出小鸡一样微弱的啼哭。妈妈大喜过望，直冲出屋，忘了她视力不好，脚下一绊跌了一跤。她不顾流着血的伤口，把我当作膏药似的贴在胸口，抱着我往屋里跑，掀开她的破棉被，用她的体温暖着我，似乎一撒手，我就会突然飞走。

死中得活，我爹也深感意外，他把我的重生归结为最后一服药，那是他让土医生开的。本来医生断定我没救了，是我爹认为我命硬死不了，连求带劝医生这才开了药。

1940年代末，父亲为了逃避抓壮丁，不得已做了上门女婿。同床共枕本是夫妻天经地义的规矩，但父亲不受这规矩的约束，他自己搭床自己睡，不跟妈妈住在一起。半夜喂药从没他的事，都是妈妈摸摸索索点起油灯，一勺一勺将药灌进我的嘴里。那次因为我啼哭不止，父亲从我身上发现了蚂蚁，他没完没了地呵斥，说妈妈的眼睛长在脑顶上，孩子在门前就爬了蚂蚁，个把时辰过了，妈妈还没看出，天下哪有这样蠢笨的女人。妈妈气不打一处来，紧抱着我，站在破床边，头一次不依不饶，和差点把我扔掉的父亲大吵了一架。

什么叫作摇车我不知道，我记忆中的摇篮，是妈妈的身体，她的头背、手脚都是摇篮的支架。农忙，她用背篼将我系在背上，做饭、干农活，她那灰灰的旧发髻，像个汗津津的灰太阳晃在我眼里，我舒舒服服地玩在背篼里；锄草、劈柴声像一段段没加工的摇篮曲，乏味地灌进我的耳朵，我昏昏沉沉地睡去。醒来，依旧还在妈妈的背上，只是太阳移位，她的肩上多了那条翅膀般想飞又飞不起来的扁担。山路坑洼不平，挑着重物的扁担只要稍稍倾斜，就能压扁我脑袋。可每次有惊无险，看似扁担压向了我，又神奇地从我头顶掠过，换在她另一只肩膀上。"妈妈，我饿。""乖宝宝，等妈妈把肥挑到地头再给你吃。""不，我就要吃。""你这孩子，怎么不乖，不听话妈妈会不高兴的。"我哪管她高兴不高兴，她不停下喂奶，我抓着她的发髻乱扯。"死儿子，再抓我打你！"她吓唬着我，理着蓬乱的头发，把装满农家肥的粪箕放在路边，卸下我，坐在地埂上边擦着汗珠，边给我喂奶。那害青光眼的眼睛低头看看我，又抬头看看远处。我哑哑地嘬着乳汁，直到心满意足，她才重新将我系在背上，挑起粪箕，加快脚步，呼哧呼哧地去追赶远去的人群。

又一个季节来临，妈妈背着我下地，我在火辣辣的阳光里眯起认知的眼睛，天空偶尔掠过一只山雀，我的目光追踪很远。大自然的气候恰似时代风云，说变就变。上午还是朗朗晴天，下午便乌云密布。下雨了，她担心戴在她头上的斗笠不能为我挡雨，弯腰放下担子，将斗笠摘下戴到我的头上，怕风吹走斗笠，她用线拴好，另一头套在她的脖子上，挑起担子继续往前走。一天，一年，我扒着她脊背的摇篮。什么时候学会走路我记不太清，只记得刚学步时走不远我便要她背，背累了她把我放在地上，唤着我的乳名鼓励我往前走。我在她的期待中学着迈步，在她的注视下过坎跨沟……终于有一天我摔倒在沟边，她挑着水桶，不再来扶我，强令我自己爬起。我多么希望她能像以往一样蹲下来，伸出爱怜的手把我扶起，掸掸我身上的灰尘问一声"宝宝，摔痛了没有?"可她没有，我躺在地上耍起赖来。她放下水桶，找了根棍子，虽说打在我身上很轻，但我觉得委屈。

委屈的还有母亲，她忧郁地走在山梁，那看不透的山道像绳索勒紧山峰，山谷闷气奄奄。令她担心的祸患果然烧尽了山村，一场无情的大火来得迟缓，但很凶猛。当了十几年支书的父亲没逃过"文化大革命"的风暴，被"反革命"黑帽打晕了头。揪出他的那天，哥哥带着我胆怯地挤进人缝中，去捡父亲被人踩掉的布鞋，一记耳光使哥哥品尝了飞行的滋味，我晕晕乎乎地也被扔出了人群。浑身战栗的妈妈跑来，挡住了打来的巴掌，边央告别打我的孩子，边转身拖住拼命的哥哥："小祖宗，咋不听话？快回家去。"她发急地朝哥哥的屁股打了一巴掌，被打的哥哥气愤地扔掉鞋子跑回家，趴在床上哭了半天，妈妈也在一旁掉泪。"孩子，不是妈妈打你，你还小，好多事你不懂。妈妈不那么做，你会吃亏的。""帮别人打我，就不叫吃亏？哪有这种道理。"哥哥跟妈妈犟嘴，偏要找打他的人报仇。一连几天，妈妈都在提心吊胆，生怕哥哥闯出祸端，她当着我们的面严厉叮嘱，不许哥哥与人争吵，背后却唉声叹气，偷偷抹泪。白天，她一声不吭低头干活，晚上，早早关门，让我们提前在她无助的发呆中入睡。尽管她很少到批斗现场，也不允许我和哥哥姐姐去看被批斗的父亲，但父亲被打的惨景还是随着人们的议论传播开来。她惶惑不安，整天长吁短叹不知如何面对。田间地头，众人轻蔑的目光在她身上包围着、削砍着，想躲躲不了，想藏藏不住，整个身心陷入绝望之中。

抓住头发，胳膊反扭在背后，推着往前跑，这是当时惩治"地富反坏右"的入场动作，名叫"坐喷气式飞机"。父亲每天要坐两次，一是入场接受群众批判，二是批斗会结束被反扭着胳膊推回隔离室。起初只是"坐喷气式飞机"，后来造反派觉得我爹不老实，推进会场，让他跪在碎瓦碴儿上，前后烧起大火烘烤。三个月后的夜晚，父亲受不住折磨，挎着扭断的胳膊，从造反派私设的监牢跳窗而逃。他逃离虎口，却将我妈推入火坑，造反派认为我爹胳膊已断，自身无法从一丈多高的窗口逃离，一定有人协助，这人便是我妈。不是法治的年代，没有说理的场所，我妈被吊在梁上，皮带和树条毫无顾忌地在她身上抽打。一个雄赳赳的"革命接班人"抬起木棒，在她怀了五个月身孕的肚子上，大肆渲染"东风吹，战鼓擂"的气概。绝望的惨叫并没有赢得在场人的同情，捂着肚子的妈妈被架到水田边，在众人的监督下劳动改造。天空乌云密布，她在雷电似的呵斥下忍着剧痛下田插秧，浑浊的水面在她身下泛起殷红，谁都知道她在流血，谁都明白在那个熟视无睹的年代只能装聋作哑。

我想象不出她是怎样熬到收工的，也想象不出她在床上扭曲翻滚半个多月是怎么忍受过来的。我只记得，外婆看着奄奄一息的我妈，趁着夜色，偷偷跑到兽医那儿央求兽医，拿来两服药，其中一服是止血用的。

母亲下地走动的第一天，她把我叫到身边，拿来背篓摇摇晃晃从床下掏出一堆脏衣让我背着，陪她到水塘搓洗。她的脸像白蜡纸，没有血色。我惊诧地看到，她每条穿脏的补丁裤都沾着一层黑紫色的斑垢。我弄不清那是什么，后来才听外婆说，那是妈妈流产时流的血。孩子被打烂在她肚里，今天流一只手，明天流一只脚，如果不是亲眼所见，我根本不信世间还有这样的流产。一个"穷"字难以解释那个环境，一个"忍"字也难以涵盖妈妈所承受的一切。那么痛苦，那么危险，不允许上医院的我妈奇迹般地活了下来。那年我六岁，也是从这件事后，爱说话的我遇到事情要么只做不说，要么做了才说，像个男子汉一样，开始保护母亲。

妈妈对我的依赖不只是推米磨面，缝补浆洗也需要我。她眼神不好，光线稍暗淡，便无法把线穿到针眼里，她总是把我唤到身边，替她把针线穿好才低着头缓慢地缝补起来。父亲穿上她缝的补丁衣，不再骂骂咧咧挑针脚大嫌不好看。一场浩劫让父亲有了改变，除了他一下子老了十几岁，便是他对妈妈不再横眉冷对，态度有了明显变化。碰到妈妈挑水，他不再袖手旁观，紧赶两步，从妈妈的肩上接过扁担。妈妈太容易满足，她从不指望父亲能帮她干多少家务，只要做饭时不嫌灶台不干净，摔筷子、砸碗就已知足。每次父亲见她干重活，只要说声"你走，我来"她就会笑眯眯的高兴很久。碰到过年过节家里炒肉或者炒鸡蛋，妈妈只捡葱姜吃，她习惯省嘴待客或者省嘴待儿。父亲也不再像以往不管不问，而是泛起笑容看着我妈："憨婆娘，你不会拣肉吃，留给谁？"妈妈脸一红，边接过父亲强夹给她的肉蛋，边哎哟地喊着："少夹点，留给孩子们吃。""孩子有孩子的，你操哪门子心？"她带着抑制不住的满足，离开饭桌，用眼光将我带到一边，把父亲夹给她的肉蛋扒在我碗里，"乖孩子，别声张，别让你爹知道，多吃点长大个，好帮妈妈干活。"有两次，被我哥哥看到，他嫌我妈偏心，吵嚷起来。我爹知道后，安慰着我哥，把碗里的肉蛋全部夹给哥哥姐姐。我不在意哥哥说些什么，在家里强弱分明，他跟姐姐和我爹属强势一方，我跟我妈和外婆明显弱势。为制约强势，外婆常替我和我妈说话，我也心领神会，干力气活虽比不上我哥，但我可以什么都学，什么都做。

捡柴火时我妈用背篓背，我用绳索挑，挖洋芋时她在前面刨，我在后面捡，我像一条赶不开的小狗，到哪里都尾随在她身后。父亲是家里的圆心，妈妈围着父亲转，我围着我妈走，大事小事父亲跟她有了商量。我冷眼旁观看着父亲的转变，有时看着我妈太拿我爹的话当回事，我忍不住提醒一句："听他的干啥，他就是他，你就是你。你听他的，凭什么要我跟着听？"妈妈诧异："他是你爹，你不听他的能听谁的？"我愤愤不平："听他的有什么好结果，不如你自己拿主意，我帮你。"每当这时我妈总会说："这话可不能讲，让人听了，别人会觉得你不孝顺。"她时时处处维护着父亲的权威，似乎别无选择，永远被一条线牵引着，我们成长在她的希望中，她活在父亲的规划里。只要我们兄弟姊妹没病没灾没夭折，她便不会质问苍天，不会折头，悲一天、喜一天地往前走。

关注风雨，是我十二三岁以后的事了，母亲没因我个头长高而减少对我的怜爱。每逢下雨，或是菜地摘菜，或是田间地头干活，我妈总担心我遭受雨淋。姐弟几人中，属我身体瘦弱，稍有气候变化便会感冒发烧。出于这种缘由，她总要提醒我加衣服，出门带雨具，若没带她便把戴在头上的斗笠和穿在身上的蓑衣拿给我。起初，我还接受她的呵护，有过几次，我不再像以往那般欢天喜地接过她的斗笠和蓑衣。那是一场春雨，妈妈递来斗笠，她站在雨里，我看着矮矮的她被风雨吹打着，像草遭受践踏，花遭受蹂躏。头发蓬乱的她本来在地里干活，看见我走来招手让我回去。我没有止步，让她别再干活，将她拉到一棵老松下避雨。她担心的不是她遭受雨淋，而是捏着我的衣领说衣服太薄，等收成上来让我爹给我买块厚实的衣料。也许春寒料峭，她的脸冻得发青，说话时，语速缓慢，双手哆嗦，我这才意识到，我妈穿得很少，只一件单衣，如日后我挣钱，我一定让她穿上最保暖的衣服。这不是第一次雨中的感受，从我记事，她便属于风霜，属于我遮风挡雨的庇护。可能这种印象太深，以至离开她身边后我对雨天和雨季十分敏感，一看到雨就想起她。

1981年，我应征入伍到边防当兵，离家的我倍加思念母亲。10月的第一场雨一下就是几个昼夜，在我的记忆深处，没有几个10月是那么的清爽，凉凉的风和不那么强烈的阳光，淹没了10月的秋景。夜凉如镜，微风习习，无暇眷顾天空的雨水，我沉浸在思绪中，痴痴地望着夜晚。想妈的时候心是热的，雨也是热的，头一次感觉

10 月如同春天，然而这种感觉，两年后被风斩断。在那场乌风暴雨的边境作战中，我受伤致残，陷入灾难。我爹和我妈也卷进其中，父亲到医院看我，心脏病复发去世，母亲因此遭受打击，精神分裂，好几年我没从暴风雨中缓过劲来。

母亲也没缓过劲来，从报刊登载边境吃紧的那天起，她便从街坊四邻的嘴里打听我的行踪。她先在村里打听，接着到邻村打听，再到邻村的邻村打听，听到坏消息她哭，听到好消息她也哭。我爹去世不久，我请假回家，她抓住我的手，让我到楼上去看我爹。楼上空无一人，也没我爹的照片，她指着我爹睡过的床，说我爹靠墙坐着，非要我将我爹扶起来。也是从这天起，我四处求医，西医看完看中医，主方无效求偏方。一年四季，四下奔走为她求医，几经努力，她的精神分裂症逐渐好转。

1990 年，长期居住山村，条件恶劣的妈妈不仅腰椎间盘突出，还有类风湿、妇科病等。这些病中，当数风湿和胃溃疡难治，仅十二指肠溃疡我便想尽方法给她治了八年，才初步治愈。胃溃疡刚好，她又得了白内障，我劝她进大医院治病，她摇着头："老了，就是医好了也没几天阳寿了，何必糟蹋那份钱。"我不容分说："治也得治，不治也得治，得听我的。"她看我态度坚决，不解："你这孩子，怎么跟妈这么讲话？""不这样讲怎么讲？我知道没眼睛的痛苦，难道你也想过几年没眼睛的日子？"

母亲没来过北京，从我到北京安家我便劝她跟我到京城，1997年好说歹说她同意到北京。我将她带到京城的家中，让她住院她顾虑重重，问我跟我那位商量过没有。"你放心，人家通情达理，不会跟我找别扭的。"我叫来妻子，当着她的面表明立场，她这才不情愿地答应上医院。也不知同病房哪个病人算出院费时让她听到了，她暗暗嘀咕：住半个月就要三四千块钱，她住了一个半月，那得花多少钱？花多少钱也是我花，又不要她付，干吗想不开？正因为不要她付（她也没能力支付），所以她焦躁不安，给我讲完给我爱人讲："每天都用钱裹着，你们哪儿来那么多钱？再住下去，还不把家当赔光。"她不再听人规劝，我只得将她接回家中，今天哄着她到这儿玩，明天跟她说还有某种特产她没吃过，后天说某商场的衣服便宜，穿在她身上既保暖价格又划算。能留她的方法我均已想到，她还是吵着回家。什么城里样样花钱，连喝水也得缴费；什么车多人多，离开鸡、猪和菜园她过不惯等等，硬要我送她回农村老家。这老太太不知咋想的？有吃有喝留不住，偏偏惦记那个给她苦涩，给她忧愁，摆弄了一辈子也没摆平的穷山村。我假装生气："有本事你自己回老家，我没时间送。"她一听急了，说明知道她没出过远门，辨不清回家的路，哪能自己回去，做儿子哪有为难娘的？早知道她就不跟我来北京了。"不跟我来，你哪能见到火车、轮船？哪能见到故宫、天安门？一辈子泡在田地里，也该在大城市换换空气，清洗清洗脑筋了。别那么想不开，明天我带你吃烤乳猪去。"装着几毛钱也要捏一捏，揉了再揉才能花出去的妈妈，一听我又要为她花钱，吃的还是烤小猪，立即慌了神，嘴里抱怨："猪不养大便烤着吃，这是哪门子生活！"脚下仿佛灌了铅，再带她出门遛街，说什么她也不去了。

妈妈过不惯都市生活，我理解她那种难受，长满老茧的手适应清闲，不也要褪层皮吗？她固守着脱离现代生活的思想，那些大城市捏烂、撕碎、扔掉的故事，从她身上反映出来，成了城里人开心的调料。可我一点不感到可笑，相反，会有一种莫名的酸楚、无言的感动。

2006 年，我妈到邻村串亲戚时，无意中听人说我病了，住进医院。一听我住进医院，她联想起我受伤住院的情景，急火攻心，精神再次失常。我得知消息，急忙请假回老家，原想她见到身体没有大碍的我，病情会有所好转。不承想这种心理治疗不奏效，我只好把她送进医院，住了两个月，转年又住两个月，仍不见她恢复正常。我在她身边，她不讲我被人追杀，只要一离开我，便说我被坏人逮住杀死了，严重时，坐在院子里号啕大哭。我哥劝解不了，打通我的电话，交在她手，她觉得奇怪，怎么死去的人还会说话。我哈哈一笑，在电话里加大嗓音，要么向她解释我一切都好，要么跟她开玩笑，我有九十九条命，我爹不也曾说我的小名就叫"死不了"。我尽量热情洋溢，让她感受到轻松愉快。说也奇怪，只要接到我电话，她的情绪很快会稳定，刚刚还坐在地上哭号，转眼已眉开眼笑。然而在我的内心，却是深深的歉疚，是我、是那次战争将善良的母亲卷进无底的深渊。

山道道、地藤藤，我的母亲一辈子往返在不协调的山中；往返在早与晚，收与种，失落与拥有里。用她的年华协调着贫穷与拥有，协调着梦想与现实，默默地编排我的成长，编排一首朴实无华、魂牵梦绕的民谣。在不协调的生活里打着转转、兜着圈子，她悲伤在那个地方，快乐在那个地方。每条山道盘进她的情感，每簇麦穗突在她的思维。无论走在何方，那山道道、地藤藤都扯着她、挂着她、拖累着她、亲热着她。尽管她没文化，却在集市用小学一年级的计算方法从省着不吃的鸡蛋上一次次加减我童年的冷暖。她不利落，但永远套在杂事堆里。忙完生产，又套上家务；伺候完家人，料理好牲畜，又提着桶一瓢瓢浇灌菜园，浇灌那缓缓高挂的弯月，浇灌我过年的新衣和上学的书费、学费。比起那些轰轰烈烈事业有成的女性，我的妈妈平淡无奇，然而她矮小的身体却给了我矮矮的养育、矮矮的坚贞。她没有漂亮的身段，却给了我人生美好的线条。她从不打扮自己，却打扮了我们的人生。她给我种子，教我栽培；给我秋收，教我勤俭；给我意志，教我忍耐。让我认识苦难，又教我认识盼头。她像一束普通的阳光，明亮而又温暖，谦卑而又高尚，亮在我的眼里，照在我的心头。

散文

四月

　　九寨沟冷落你。一样的票价、一样歪戴帽斜穿衣的石崖，像幽默的小丑惹得游人直笑。游人们占了不少便宜。占谁的？眼睛的？抑或风景的？他们大饱眼福，玩得刺激够味，把你抛在一旁干着急。游人并不自私，他们常让你分享一点零碎，零碎也是一盘作料，尤其是爱人，让你分享得最多。关键时刻总能显出她的重要性，她亲热地让你跟九寨沟会面打破四月的僵局。

　　不是吗？你不要否认你爱人突出的重要性，她是你与世界的中间商。你们只顾陶醉奇观壮景中，被旅游车遗忘在身后。在迷途的地段，她将包交给你，自己曲折地探索。九寨沟的恶作剧没有恶意，摔了跟头还要拉着你跟四月拐弯抹角地兜圈子。你猜测九寨沟谜底，九寨沟也猜测你，你告诉九寨沟你为什么来？是四月的歌调溪水潺潺，芽在树上笑，做爱的鸟在流动的阳光底弄影；你年轻而好动，美丽的春光邀请你踩动四月的节拍，离开灰暗、单调的空间。她恳切的耳语使你冲动，猛然站起，撞开命运的监禁，一阵暖风围绕着你的身躯，伸出手触摸空气，你的心把压抑的委屈告诉山冈，长久长久让风吹净你情怀的灰尘。是四月令你不要抠抠搜搜，慷慨一次，你将积攒一年的心血，装进上衣兜，背起旅行包，爱人引路，你们在成都中转，军队招待所爆满，无法将你塞进去。你在军营外彷徨，想了又想，最终还是决定去看看几年未见的老首长。老首长宽厚的大手拍得你生疼："胖啦，都认不出来啦！"你傻呵呵地笑着，老首长的话语暖暖地流进你的心底。老首长拿起电话给你安排了住处。告别老首长时，你正正规规地行了一个军礼。你的情感膨胀，你又使用气功顶住往外泄漏的眼泪，所有的你都带不走，唯一能带的是深深的友情。

车身摇动，使你想到摇篮、大海，像对着船与湍急的波涛。九寨沟认为你是舰长，指挥你人生的舰艇，但不是在水中，而是在旱海。自从你经历过战场后，舰艇就在陆地登陆，在山脉间登陆。荣誉、待遇，你战胜自己花了很大气力，一张嘴巴一本正经地对你说："你不能忘记烈士呀！"你诚实地点点头，可你无意中发现那张嘴巴，趴在职位上大吃大喝，一句话连孙子的房屋都已准备好。当你再次站在他的面前，他的嗓门提高了许多："你不能忘记烈士呀！"你终于无法忍受，第一次挺着胸脯，对那张嘴巴说："忘记的不是我，而是你们!"你觉得说出这句话你很痛快。尽管失去了这张嘴巴对你的点滴施舍,你还是高兴地踏上九寨沟。车在摇晃,人身在摇晃,后排两位春色女郎猜想你是某位大亨,有钱,人住洋房、跳洋舞、喝洋酒、娶漂亮女人。如果不是,相貌一般的你怎能娶上漂亮的妻子?可是很快她俩发现,你住不起洋房,喝不起洋酒,她俩用好奇的眼神看看你,又看看你的爱人。寻根问底,一个年轻的军人从某个报刊跳进她俩的记忆,两个人脱口而出:"是他!"她俩惊诧地笑了,待你如四月一样热情。你们结伴同行。你问胆大刘和眼镜欧为何对你如此信赖,她俩说因为你用你的鲜血证明了你的纯洁,跟着你如同跟着平地一样踏实,这是民族情感的凝聚,这是很多人树立起来的形象,回荡出无形的信任。

你们兴致勃勃,随便找个旅社,爱人放下旧提包,拉着你急匆匆追赶四月。九寨沟的沟口还在返青,沟尾还在积雪,你大口呼吸,大声讲话,爱人叫你嗓门不要太高,怕惊吓了胆小的四月,你们蹑手蹑脚看树杈上的野鸟。其实那红嘴壳绿尾巴的鸟,在家乡已见过多次,只是城里来的胆大刘和眼镜欧未曾见过而感到稀奇。她俩为鸟巢和婚姻争执不休,各抒自己眷恋的情意,是大大小小的风景海使她俩的观念统一。她俩惊叹海子太纯真了,像少女藏不住心思,爱的水光紊乱缠绵,四月惊叹九寨沟的水浪像多彩的羽毛无忧无虑飘动。你的耳朵综合着山水的神采和形象,你蹲下身捧起一捧放在舌尖慢慢品味。眼镜欧不听胆大刘的劝告,过分地接近清澈见底的海子,她的窥视使龙王着迷,掀动她脚下的石板,她竭力躲闪,一只腿还是被拽进水里。她的心和四月一样怦怦直跳,一阵惊慌之后,她发现重新戴在鼻梁上的眼镜镜片摔残。她脸色苍白,无可奈何地一笑，惹得四月像胆大刘笑弯了腰。

你在九寨沟参加异乡人的婚礼，一对藏族的青年男女，在别具一格的歌舞中让你陶醉。你想起你参加过这样一个婚礼，没有新娘，新郎全副武装在士兵中间讲述他爱人的经历，新娘在战线的后面，是战争取消了新娘新郎的洞房之夜，士兵们拍着枪托、敲着碗筷，为没有新娘的婚礼证婚。那个新郎带喜气一起闯进硝烟，没有人再看到他走出，有人看到的是新娘和墓碑团聚。这是几年前的事了，眼前的婚礼没有硝烟味，他们的歌舞像九寨沟的风景一样优美。你默默地参与默默地退出，生怕你的墨镜给他们带来漆黑的影子。你把自己忘却在四月，你蹲在沟边接受净水洗涤，烦恼的包袱丢在路边，你只顾走你的路。爬坡的地方，你接受大自然的施舍，沟尾的山顶被冬天剃光了头，你遗憾听不到长发飘动的颤音。什么时候长发般的瀑布才能长出？你请爱人向当地的藏族群众打听，藏族群众说你来得不是时候，上百帘瀑布飞躲在深山里制装，每一年的打扮都需要一段时间。她婀娜多姿，纯属本色，让不同肤色的游人眉飞色舞地从腰包为它掏出私钱或者公款。你们议论，四月九寨沟仰起高傲的姿色，到处弄些迷魂的地方让你生气。景色气你，你也气景色，别人能去的地方，你也能去。你向独木发出挑战，独木、独木，竖起来是旗杆，横在眼前是障碍，搭在两岸是桥。你敬佩站着生站着死的树木，可你更领悟，你是被削光叶子的独木，躺着生并非都是蛀虫。你脚下的水是躺着生，你脚下的独木也在躺着履行义务。你是独木，你的心悬在半空，从生到死，你正做的就是有关独木的事。让别人踏着你的身躯踩出通往彼岸的路，你高尚，但你纯属悲剧。你的累，你的不平衡都是长形的，你的困惑你的充实，也是长形的。你打消爱人的犹豫，让她跟胆大刘和眼镜欧先到对岸，你蔑视独木桥，但走起来格外小心，你拿出平生的绝技保持平衡，小的倾斜可以扳回来，当倾斜让你自己控制不住自己，你便全盘崩溃。你在独木上缓缓移动身体，猛一倾斜，对岸的人一声虚惊，爱人在惊叫，爱人悬空的心晃晃悠悠。她伸出手想帮你一把，这一帮打乱了你的节奏，你跌坐在岸边，四月长舒一口气，跟黄昏庆贺你的胜利。胜利让你受到独木的启示，生活需要站着生，同样也需要躺着生和跪着生。你不必误解，侮辱那样跪着生的人，那是一种方式，有他们难言之苦的方式。谁不想洒洒脱脱地立足，可谁又能逃离不如意，就像你踩到九寨沟不能亲眼看的缺憾一样。你不要过分地投入，期望得高不可攀，少些烦恼，只有遵照实际。你站着看世界是一种样子，躺着和跪着又是种样子。如果你还有眼睛，你俯视深谷，雾气茫茫，阴阴暗暗，可如果把目光移到空中，天是晴的，你晴朗的心会找到另外的宽广和辽阔。什么都是瞬息，重逢总像圆月一样短暂，分手总像太阳一样长久。瞬息的辉煌，瞬息的灿烂，瞬息的暗淡，瞬息的绝境，那一秒假如让你撞上，你不必为瞬息的荣耀而弄得迷醉呆傻，更不要为瞬间的昏暗而瓦解你对土地的忠诚。换换角度，换换方式，你能找到新的平衡。你应该相信，春天挡不住也留不住，你经历了便是财富。你的爱人，你倾心爱慕的爱人，不是你的私产。她依旧属于她，就像九寨沟属于九寨沟，你可以走进它的心间，但勿想带走，所带走的只是两眼迷茫，爱在一秒一秒、重逢在一秒一秒错过。爱过的人总是先有浪费才在哀伤里打点珍惜，一开始爱情总是漂漂亮亮，把你弄得颠三倒四、执迷不悟，时间一长便会走向单调和枯燥。我想你的爱人也不例外。她会慢慢地将你当成旧物，反反复复印刷的旧品。也许某个男人通过某封信和某个电话，约她去看某次展览和某场还没有公开的电影，她会激动得连声音也会改变。不顾心劳，撇开你去寻找新意。谁不想天天翻新，可新面孔同样会转成老面孔，新永远是时髦，你要追，你必须准备好累和泪。草、木、人、兽，天上跑的地上动的，其实都姓孤名独。孤独加孤独再加孤独，便构成澎澎湃湃的江河湖海。你用不着过多地忧烦，即使你的爱人跑到另外的新鲜空地，那也是合理的，那是另一种风景。冬天取代四月风景，要么把你冻死，要么把你像树一样返青，万事不要投入太深，既重视也要藐视。到藏族群众家里做客，藏族群众喜气洋洋，请你喝酥油茶、马奶酒，并不是白喝，他们聪明地用他们的特点发展生意。你想起沿海城市的一座学校，一个同学向老师讨价，把黑板搬来要求付两元钱。学生用按劳取酬辩驳老师，怎么能这样呢？想来想去，不这样能怎样？哪一段历史不是在巨变中改写？可那些在你身边倒下的英烈，他们堆成了煤炭，永远燃烧和平的火苗。你枕着四月适应，只有适应才能扎根和发扬你的主张，就像高楼适应九寨，才能落户，九寨适应来来去去的人，才能更加地丰富。

1993 年第 3 期《挚友》

散文

一路走来

史光柱，我认识你

"史光柱，我认识你，也记得你……" 2009 年 9 月 14 日下午，我参加"双百"人物座谈会时，胡锦涛总书记代表党和国家领导人接见我们时亲切地握着我的手，俯身在我耳边说了这样一句话。我的眼睛看不见，完全没想到总书记会这样亲切地对我说话，我愣了愣神，半天才反应过来。接着在和吴邦国委员长握手之后，温家宝总理紧握着我的手说："我是温家宝……"我倍感激动，一个泱泱大国日理万机的总理，竟然在众人中注意到我的伤残，主动介绍自己，这是何等的仔细、何等的胸襟、何等的平易近人！握着温总理的手，我感慨万千，一句话也说不出，只有幸福的泪花。是的，党没有忘记我们，人民没有忘记我们，国家更没有忘记我们。这是多么温暖而又值得骄傲的事，我有种感觉：这一生的忙碌和追求有了价值和肯定。

离开人民大会堂，心还久久不能平静。我想到不久前接触过的青年作家纪红建，他要创作一本有关史光柱一生经历的书。写作前，为了弄清当年影响一代人的史光柱通过时代变迁，还有多少人会了解他的生活现状，他专门做了一次小范围的路人问询，以下便是他询问路人的经过：一天黄昏，作家和他的几个战友，在柏油路上穿行，与他们迎面而来的是在夕阳中匆匆而过的车流和人群。他们走进一对对情侣漫步的公园，一路上边走边问："你们听说过史光柱这个人吗？"出乎意料的是，大多被询问的人，都说不知道。年轻人不知道，年纪大一点的应该会有印象吧？于是，作家又拦住一位40岁左右的男子问道："你知道史光柱这个人吗？"那名男子思索了一下说："好像有这么一个人，他参加过战争，是个战斗英雄吧。"

这次路人问询使纪作家受到极大震动，他不禁思索着：也许英雄甘于平凡，难道我们这些民众就能够忘记过去那段历史和感动吗？当天晚上，纪作家通过网络查询了一下网友们对英雄的理解与评价，结果有喜有悲。

一个网友说："尽管我不想败兴，但是我还要对曾经的战斗英雄史光柱说，现在的时代追求的不是奉献，奉献多了就是发傻，傻死了值得吗？"

另一个网友留言："史光柱有气质，不愧是一位军人，虽说像他这样的人在某些人眼里是傻愣傻愣的，但那只是部分人的看法，我相信大多数人还是认为军人不傻也不憨，只是使命感催动，他们都怀着一颗赤诚之心啊！"

又有网友说："发傻的不止史光柱这样的军人，还有他们的妻子，我就是一名军人家属，傻傻地在沙漠中哭泣，打湿了滚滚黄沙，又有谁能理解？可路是自己走的，明知难受还得继续走下去，这是另一种傻……"

第二天纪作家来到北京汇文中学，联系到了"史光柱班"班主任索金龙。

索老师说："我是那个年代走过来的人，本来对军人就有一种深厚的情谊，加上我跟史光柱同龄，所以对他特别留意。不管是他在战场上的英勇事迹，还是他对待死亡的态度和对待生活的态度，都深深地打动我的心灵。听过他的故事，我常常后悔没有从军，也许从军后，我会更理解这些可敬可爱的人。2004 年，很巧合地，我见到了史光柱本人，虽然接触不多，可我仍然感受到极大的震动。一个伤残人，生活能有多艰难，我们可以想象。但他没有怨天尤人，没有因为自己是英雄就依赖国家，而是不断地寻找自我、发现自我，超越人生的制高点。我是一名教师，第一时间想到了我的学生们，这些孩子们生活在安定、幸福的和平年代里，已经渐渐忘却了什么是奉献，我们应该让孩子们见一见英雄，听一听英雄的故事。于是，我这个想法得到校领导的支持，2006 年 12 月 9 日，高三九班正式命名为'史光柱班'，我觉得这个日子意义重大。作为老师，不仅要教学生学好文化知识，更重要的是要教育他们如何爱我们的社会主义祖国，如何在以后的人生长河中顽强地生活，自强、自信地生活。"

采访完索老师，纪作家来到谢副校长办公室，说起史光柱，谢副校长既真诚又深情地说："我们得承认史光柱的那个时代虽然过去了，他的面貌、他的名字渐渐地淡出人们的视线，但他的精神还在闪光，我们汇文人要一代又一代将'史光柱班'的旗帜扛下去，让史光柱的内在精神持续传递、永远发扬。"离开汇文中学，纪作家如释重负。这就是史光柱，一个平常但不平凡的史光柱，一个顽强拼搏、不断有人走近又逐渐被人遗忘的史光柱。

我的童年：多找猪草才有肉吃

鸡为什么不撒尿？这是我儿时噙着手指，也想不明白的事。我想问爹娘，又怕他们说我人小鬼大。我就跑去问我哥，他只比我大六岁，可懂得的知识格外多，好像比六十岁的外婆知道的还多。哥哥听了我的问题，瞪我一眼说："问这个干吗？""不干吗，就是弄不明白，为什么总是只见鸡喝水，不见鸡撒尿，它的尿哪儿去了？""屎屙走了。""屙走了，从哪儿屙的？"我还是不明白，连续几天追着鸡屁股不放，都没见到鸡撒尿的情形，不禁对哥哥的话产生怀疑，难道哥哥在蒙我？

要弄清这个问题，看来得亲手实践。我抓来家里的鸡，扒开鸡毛，母鸡放走又抓来公鸡，仍找寻不到我要的答案。我妈问我干什么坏事，我翻起白眼、吐吐舌头不耐烦地说："跟鸡大爷玩。"我妈不信，见叫唤不住我，把爹叫来了。爹也不吭气，一出手便把我当小黄鼠狼一样提了起来，揍了一顿。

　　挨打，要弄清原因，否则这顿打白挨，我妈讲这话时总带着责备我的口吻，有时还夹杂着疼爱。不过我总觉得她没太把我当小孩，她说的话我能心领神会，可却忘了掰开揉碎、举一反三地将一个道理想明白，弄得我眨巴着小眼想了又想，背了又背，始终只记住"同一件事不在同一地点犯错"。换一个地点换一件事，我又神情专注做起我的错事来。

　　拿盐擦猪身挨打，是小时候又一件有趣的"错事"。有一天，哥哥听老师说盐能杀菌，见猪身上长了虱子，就想拿盐给猪打虫。他怕被爹责罚，不敢去动盐罐，便使唤我去拿盐巴擦猪身子。家里半年没吃肉，早勾起我满肚子馋虫。我也不管不顾，把猪的身上擦湿，然后就往上擦盐。结果，没等爹收工回家，外婆已发现了。她问："是谁教你这么干的?"我不敢说是哥哥，说是邻居家里毛毛让干的。一小时后，外婆从邻居家回来，手里的竹枝卷着风声，打得我四处乱跳。

　　一会儿，母亲收工回家，见我满身伤痕，问我为何挨打。我说："拿了借来的盐巴擦猪。""还有呢?""还有……"我支支吾吾地说不知道。我妈问我是不是撒谎，我说："没撒谎，我想吃肉。""想吃肉就说假话，这能行吗?"我妈开导着我，她让我勤快、勤劳地多找猪草，才有肉吃。自此，我就清楚地记得，想要吃肉就得多找猪草。

　　爹在一旁蹲着，见我冲着一旁伸出爪洗脸的猫挤眉弄眼，他拔出旱烟嘴跟我妈说："看见没有，你说你的，他做他的，这孩子邪了门了，一到正经事就不上道，偏偏那些不着调的事一门灵，整天不是母鸡撒尿就是公猪撒盐。现在就这样，再要长大些还不知变成啥浑球儿。"之后，我爹几天没说话。有一天，他从山上扛来一根圆木锯成板，箍了一副桶，拿到集市去变卖，买了半斤肉，看着我和哥哥吃。那时的我只知道闷头吃肉，全没想到父亲为此要冒着多大的风险。我妈忧心忡忡地劝他："还是别这样做，你已经是现行反革命分子了，别再因为这事给你扣上一个乱砍滥伐、投机倒把的罪名，那还不得冤死！"我爹一脸愁容，却不说话，抽着旱烟呆呆地盯着火塘里乱窜的火苗。

不饿肚子才是硬道理

说起这话，不得不提一下父亲当年的事。他叫史金德，是当年的大队支书，一个大字不识，在田间地头泡了大半辈子的泥腿杆子。就因为一句实在话，被撤销了党内外一切职务、开除党籍，被无情地打成现行反革命分子。

1969 年，"文化大革命"如火如荼，8 月进驻我的家乡云南省马龙县普城村。门前巷尾、田间地头每一处都讲革命、论斗争。父亲开始时还表示出极大热情，没多久后，他开始主张只要文斗不要武斗。随着活动深入，他有些困惑不解，眼瞅着一些热爱土地，除了耕种农田就是搞基础建设的基层干部，被一小撮一小撮地当牛鬼蛇神揪了出来，那生产怎么办呢？他坐立不安，想阻止却无能为力，终于在一次公审大会后脱口而出："整天你整我、我整你有啥意思，要整，就整荒地，就搞生产，别老是阶级斗争、无限上纲，毛主席他老人家，没有饭吃，不也会肚子干瘪……"这话引发了轩然大波，我们一家老小全被卷进惊涛骇浪之中。父亲被收押，母亲被审查，姐姐被逼躲难、离家迁往他村，我哥被迫离开学校，跟着壮劳力到远村修水库，家里只剩下外婆、母亲和我。母亲不让我去看批斗会，怕暴力的场景吞噬我幼小的心灵。可我不听她的劝告，我要看父亲！我两次溜进会场。头次是在打麦场，父亲被人反绑双手、揪着头发、面部前仰推入会场。另一次是在生产队的仓房，父亲跪在碎瓦砾、碎玻璃碴儿上，前后烧着两堆熊熊大火，他的膝盖流着血，衣服被烤焦，身上多处烫起了水泡。

再之后见到父亲，是两个月后的事。当时，生产队正施工建设新仓房，他正在被人看管着干活。远远看去，父亲卷着裤腿、光着脚板和泥巴，他脸色苍白、眼窝深陷，扭断的胳膊上绑着夹板，用破布条挎在胸前，另一只手拿着泥铲，准备往墙上抹泥。好久没见，做梦都想着父亲的模样。"爹！"我大喊着飞跑到他身边。父亲吃力地抬起头，消瘦的面颊刚露出笑意，便被看管的人喝住，他愣了一愣神，还是把凝固的笑容绽开，叫我别怕，叮嘱我要听妈的话。

那天后，我再没机会走近父亲，只能在游街示众的时候远远地找寻着他的身影。白天，他在看管人员的监督下干活，晚上接受群众批斗。隔三岔五，还要挂着两尺长的木牌游街示众，牌上写着黑色的大字（那时我还没上学，不知牌子上写的什么字，我猜肯定是骂人的话），木牌上穿着绳索挂在他的脖子上。那些日子里，年幼的我惊吓过度，一到晚上就噩梦缠身、四肢抽搐。

有两件事我总也忘不了。头一件事是一次游行里，我爹的头被剃成十字架，胳膊被反扭着，据说这叫"坐喷气式飞机"。他从人群穿过，不知道是谁，想让他的十字头充分地暴露在人们的眼前，粗暴地将他的帽子打落。我钻进人群去捡帽子，还没弄清是怎么回事，身体已经悬空，被人从人群中扔了出来，我磕在地上，满嘴都是泥，双眼直冒金星，嘴皮磕破成了兔子嘴。另一件事是我父亲挎着胳膊，从羁押室翻墙逃走。看管他的人认为，受伤的爹要是没人在墙外协助的话，根本不能跳过围墙。这个嫌疑，直接落在母亲身上。为了拷问父亲的下落，她被几个人用皮条吊在梁上鞭打脚踢。母亲被殴打致流产、流血不止。要不是一个懂医的、受过奶奶恩惠的"地主"悄悄送药，母亲的命恐怕也没了。半个月后，当母亲支撑着身体从床上爬起，带着我到村后的水沟去洗衣服时，我诧异地发现，她那补丁摞补丁的三条裤子里面粘的全是褐色的油泥。5 岁的我问母亲那是什么？她说是脏东西，再问，她也不答，只说我还小，长大了自会明白。11 岁那年，宰年猪时地上洒了一摊血，第二天路过，地上的猪血都凝结成褐色的血块，我这才明白，母亲裤子里粘的油泥都是血污。母亲吃了太多的苦，可也从不跟我们说。

突来的灾难就像是瘟疫，危险而且能够传播。见到我们家的遭遇，所有的亲朋故友怕受株连，唯恐避之不及，只有我的姨奶奶冒着同案犯的危险，常常来家看望。在家，奶奶长吁短叹，品味着人世沧桑。在外，父母被人叫成老反革命，我们兄弟姐妹被人当成小反革命，一样躲不过欺凌。

上山背柴时一旦被童伴们遇上，辛苦半天拾来的柴火就被抢走，我不甘心，向母亲哭诉，然而，母亲自身难保，哪有地方说理？找猪草也一样，辛辛苦苦的劳动果实被童伴洗劫一空，我不甘心，只好趴在背篓口，双手死死抓住背篓。不维护自己的利益还好，童伴们抢走猪草也就了事，只要不肯给猪草，往往是被掀翻在地打得鼻青脸肿。经历数次，我不再带眼泪回家，只要被抢我就重新再去拾，绝不空手回家。奶奶不让我在山上或者庄稼地里待得太久，她怕我遇上毒虫、毒蛇，其实，我更怕的是人。疯狂的年代里人妖难辨，所做的事甚至比野兽更凶残。

感谢上苍，在人们抛弃我们一家时，大自然却接纳了我，它让我在原野田间得到了安宁，得到收成和满足。六岁时，我认识十几种中药材；七岁，我一眼能在几十种野生菌之间辨别出哪些有毒，哪些没毒；八岁，靠几种能卖钱的蘑菇和中草药我赚取了学费和书本费。对我而言，那不单单是蘑菇和草药，还是我那些艰难岁月里的依靠。独来独往的利润、独立生活的支撑，是家里的盐、针线和补丁布，是弟弟脚上的鞋、过年的新衣，是姐姐手中的药，父亲酒壶里的酒，母亲头上的头巾，奶奶垫着的毡子。

十三四岁时，伙伴们见我天天有收获，月月有利润，就有人要求跟我上山，我斜着眼，要么不说话，要么嘴一撇，山就在面前，想去自己去。有人纠缠不休，我只好把他带进我"私有"的野生菌场；有的家长主动搭话，让我带他们的孩子同行。人们对我和家里的态度悄然改变，那种歧视的、尖酸刻薄的目光和言语渐渐淡出，随即展现给我的，是那些忠厚老实、勤劳善良，是信赖和期待，我也在迟疑之中缓慢地尝试着走向这一张张纯朴面庞。初中毕业，我已融进这些会说话的花草，会走动的果木园林之中，这段经历让我懂得：要改变别人的言行和态度，不是看你长得多么帅气或丑陋，而是要看自己的人生态度、生活中的作为和自求生存的能力。

每个人都有做太阳的机会

如果说，初中毕业时我已经像融进大自然那样，融进了山村的人群当中，那么，当兵则是我融进社会、展示自我、升华人生价值的舞台。

1981 年 10 月，我应征入伍，从马龙武装部乘车来到火车站。那是我第一次见火车，像蛇一样地扭腰甩屁股，应该是响尾蛇，骨节拧得嘎嘎响。曾听人说过火车上应有尽有，可我们乘坐的车厢，别说没有软卧、硬座，就连一个小马扎都不见，车厢空荡荡的，什么都没有。城里入伍的新兵见识广，他们说这掏光零碎的车叫闷罐车，拉货物用的。按我说，管它掏没掏光零碎，能到空心肚里坐一坐，也不枉坐过一次火车。只是没茅厕不方便，要是有地板缝就好了……我踅摸着四周，除了门缝，只有车壁上的窗口，总不能背包擦背包，踩在上面对着窗外尿吧，那样太对不起风景。我还没有想好如何尿尿，有人已迫不及待对着车门缝尿了起来，惹得大家哈哈大笑乐成一片。

火车到达东站，新兵们换乘有篷布的卡车。篷布顶上有破洞，正巧天下着雨，雨水从破口淌了下来，我面朝车后站着，顾不上脸上的雨水，只觉得新鲜，城里的雨夜也足够耀眼，亮闪闪的灯光照得街道、橱窗和花花绿绿的宣传栏贼亮。难道这就是昆明？再把视线投向远处，黑黢黢的一片，车灯闪着幽光，隐约像是山的轮廓。

半个小时后，车队钻出深沟，拐过一座山时，驶进有兵站岗的大门，迎面是一座大礼堂，路灯下，看到空场上有一群干部模样的人，身着雨衣整齐地站着。新兵刚下车那群人便涌了上来，待新兵列队完毕，他们径直走向各自感兴趣的新兵面前，有的询问姓名，有的伸手拍拍新兵的肩膀，被拍过肩膀、询问过姓名的人被叫到一边候着。那时我不知这叫挑兵，团里有个不成文的规矩：优秀连队有权先挑新兵。把身材粗壮、长相出众的少年挑出，余下的再逐一分配。我属于这种待分配人员：第一遍不会看，第二遍看不见，第三遍遭冷眼，第四遍见了烦。不是因为我长相寒碜，而是我个子太矮，一米五四的个子，踮起脚尖也够不着被挑的标准，我只有老老实实地站着，尽量挺直腰板，以免让人一眼看出我瘦小枯干，体质弱，连分配都没人要。最后我分配到了步兵九连，尽管这个连没多大名气，但我高兴。毕竟我能当兵，而且是在城市，如果不是父亲平反昭雪，摘掉了反革命的帽子，我哪有机会玩枪呢？

刘朝顺不是我的新兵班长，别看他没教我齐步、正步，可他无时无刻不在关注新兵训练，洗衣开饭、外出行走，只要路过操场，他都要瞥上几眼。我不清楚是什么时候他将我纳入了视野，只知道他在静静地注意我，队列训练时只要他在操场边出现，我总能捕捉到他关注的目光。

军体训练是我的弱项，我个子矮，对双杠、木马那些伸手可触的器械，训练起来倒是不成问题，唯独单杠就极有难度，每次走到杠下，都要竭尽全力、往上纵跃才能够得着横杠，不像个子高的人平地站定、双臂伸直轻轻一跳就能抓住。别人引体向上，一次拉十个、二十个，我只能拉三四个。要追赶别人，只能利用午休和晚饭后的空余时间加练。一次，刘朝顺见我单独练习，问我的班长、副班长哪儿去了？我说："他们在休息，不好打扰。""这哪行，没人保护，摔伤咋办？"他向器械走来，看我往上蹿跃，他喊了一声抓住，接着便是摇头，你这种臂力哪儿行？我拉了三个松手落地，他让我拉五个，完不成任务不许下杠，我按他说的做，拉到四个便没了力气，他让我身体垂直吊在杠上，没过两分钟我双手发酸、胳膊发麻，跟他说坚持不住了。"坚持不住也要坚持。"他语气严厉地给我看着表，我吊在杠上咬牙坚持，十分钟刚过松手落地，他见我面部充血活动着胳膊，哈哈一笑："这不是挺好的吗？以后要么不练，要练就横下一条心狠狠收拾自己。"这晚之后，我没再动器械，而是按刘朝顺说的先练臂力，在宿舍趴在地上做俯卧撑。

新兵训练结束，我分到老兵班一班，一、四、七班是全连的尖子，平时工作学习、完成上级交给的各种任务，处处走在连队前面，这是各排的灵魂，其余班级向尖子班看齐。打仗也一样，三个班三把尖刀直插敌阵。刘朝顺拿我当尖子储备，没等我把床铺铺好便检查我的俯卧撑，我双手支撑一口气做了30个，他很满意，说我没白吃饭，只是后五个不算标准，说着他俯下身来给我做示范，轻轻松松做了60个。我望着站直身子、脸不变色的班长说："班长，你太厉害了，我可练不到你的水平。""谁说练不到？不但要练，而且给你半年时间。"半年练60个，对别人而言能够做到，对我这根山茅草能练出什么名堂？刘朝顺见我摇头，认真地说："练不练是思想问题，练不到位是体质问题，你不相信自己也要相信全班和我。"他专门为我制定加练任务，除正常工作每晚至少练300个俯卧撑、半小时端腹训练。俯卧撑一次练四五十个不算吃力。仰卧在床、双腿并拢、脚尖绷直、平端几分钟这就难了，按他的限定每次坚持三分钟以上，重复十次才能完成每晚任务，三天一过我腹肌疼痛，不得不去卫生员那里拿膏药。

腹肌力量练习刚刚开始，连队就接到通知，每个连要抽一个班去参加团队大比武，优胜劣汰，获胜者再代表全团到师里比赛。九连抽调一班参赛，训练时间俩月，班长刘朝顺立即召开班务会统一思想，全班踊跃发言，刘朝顺见我默不作声看看这个，又看看那个，点名让我发言，并说班务会是大家说话的地方，不会说就大家启发着说，说不好就看老兵怎么说。我横着脸站立起来："既然连队把任务交给我们，我们就得想办法完成。至于我，班长怎么指挥我怎么动，老兵怎么做，我就跟着怎么做。"一个老兵打趣道："不是跟着我们，而是带着我们做，我们走的是老路，你走的是新路，新路总比老路好，有蛋子带头，我们老兵岂敢落后。"另一个老兵呼应："对，这叫青出于蓝胜于蓝，而不是大姑娘上轿，抬着走。"刘朝顺边笑边制止大家："你们别拿他开涮，他可是新手，有朝一日，他要涮起你们，那就是重庆火锅——辣得很。"训练开始，每天被不同的课目塞得满满的，喘不过气来。两个月下来，练得我有虚脱的感觉，我的腿上、胳膊上贴的都是伤湿止痛膏，虽说短短两个月不可能让我的技能突飞猛进，但进步明显，类似战术、越野、射击、队列、穿越障碍等课目，我与老兵的水平，已相差无几。特别是有的项目，如摸黑拆卸、装填枪支弹药，我学得很快，没多久我已超越老兵，刘朝顺对我的特点把握得很准，他总是说我操作能力强，不缺技巧，只可惜我没从事技术兵种，要是分在通讯连、修理连，我肯定是个一等一的好手。比武那天，我胸有成竹，让我没想到的是，拖了全班后腿的不是别人而是我，我竟然在自己的优势项目，穿越百米障碍时出了问题。由于前面的障碍我太注重速度，消耗了体能，穿越高墙时，我没能翻越过去。两米四的高墙，速度不够难以翻越，我退后几步，二次翻越，谁知二次也没翻过，我只有退后几步，重新再来，高墙虽然翻过去了，但严重影响成绩。尽管还有别的课目，比赛未完，但班里的成绩要进前三名没有指望，我耷拉着脑袋，站在终点。"傻了吧、呆了吧，飞呀，你怎么不飞了！"班里的一个老兵训斥。另一个老兵也笑着责备："你也是，跑那么快干什么，恨不得把全团的参赛选手都甩得无影无踪，剩下你一个人表演。"刘朝顺见战友讽刺挖苦我，吼了一声："你们干啥，不知道他是新兵吗？"班里的老兵走开了，我低着头不敢抬眼，刘朝顺走了过来，严肃而又劝慰地说："把眼泪擦掉，不许再想，集中精力对付下面的比赛！"比赛结束，我们班的名次掉到中下游，刘朝顺被连长、指导员严肃批评，说他工作不仔细，对每个参赛选手所能遇到的困难估计不足。我怕我的失误影响他的进步，想找连长、指导员把问题说清，他却死活没让去，并对我说批评与自我批评是工作中常见的事，错了就是错了，没必要替他辩解。我举棋不定，最后还是背着他到连长和指导员那儿做了检查。

　　一次小小的失误，让全班的努力前功尽弃、付诸东流，我辜负了连排领导的重托，也辜负了战友们的信任，好几天我失魂落魄，一直问自己为何会犯这种低级错误。如果比赛头晚休息好、睡好，如果我不急于求成，不总想着超水平发挥，如果前半程我注意节奏合理分配体力，如果第一次翻越高墙失败，我冷静处理多退后几步，事情就不会这样糟。然而所有的如果都是假设，军人只有事实前的假设，没有事实中的如果。我躺在床上，为自己的过失深深自责。刘朝顺从连部开会回来，他让我起来，有事跟我讲，我以为他想说的是我如何在军人大会上做检查，不料他告诉我：连党委研究决定，让我到师教导队参加班长培训。

　　教导队管理严格、训练规范，小到着装仪表，大到思想行为，都遵循条例条令的规定。按时作息，按时出操，按时到达训练地点，按时队列训练，按时攻防演练，所有的内容都强调准时、准确，不允许出现半点误差。

由于步兵团的炮兵只是配属单位，在训练和作战中不占主导地位，许多重步兵、轻炮兵学员，不愿学炮兵知识，以致炮兵中队学员不足，不得不临时调整将学步兵专业的人员，调整一部分到火炮中队。我属于被调整人员，上级已做决定，就必须服从。我来到火炮中队第一区队报到，班里的学员全是炮兵出身，有的虽不是来自炮连，但也是来自步兵连炮排，只有我对炮一窍不通，从当兵到教导队，连炮弹皮都没摸过。"这怎么学？""想怎么学就怎么学，看见没有，这玩意儿难道没有你步兵的枪口大？"一个学员指着炮口继续说道："难道你没听说，小炮小炮，步兵向导，一炸前敌，二炸通道。""还炸通道，哐哐哐几声，浮皮蹭痒，连坑道都炸不垮，解决问题还得靠步兵。"我嘴上不服，心里却很重视。革命就是一块砖，哪里需要哪里搬，我就得干一行爱一行。我虚心求教，埋头钻研，从 60 炮原理到保养维修，从理论知识到实际操作，从单兵动作到炮手协作配合，再到有障碍、没障碍射击，夜间移动靶、固定靶射击、炮阵地选择，以及班排协同指挥，一个内容一个内容仔细研究。功夫不负有心人，6 个月下来，我不仅掌握 60 炮专业知识，而且成为示范标兵、优秀骨干，在思想素质和专业技能等领域得到全面提升。

回到连队，我又临时接受命令到昆明北校场训练民兵，接着又到连队当新兵班班长，新兵训练结束，我被任命为九连四班副班长，跟班长杨圣搭档。杨圣思维敏捷、处事灵活，比我早一年服役，是连里为数不多的高中生，跟他搭档我求之不得。别看只是协助班长工作，跟我一起到教导队培训的 5 名成员全都回到原班排当战士，接受工作检验，只有我任副班长，这充分说明连党支部对我的信任。三个月后，班长杨圣患眼病到医院住院，我代理班长，我将在教导队学到的知识在实践中融会贯通，结合刘朝顺的带兵方法，在班里开展老兵带新兵、新兵看骨干、班长抓全盘的互助活动，强调战友参与意识、主人翁意识，充分调动每个战士的积极性，使工作得心应手、突飞猛进。等班长杨圣回来，年终考核已结束，四班在各项考核和评比中成绩优异，被团评为优秀班，班里的战士全授嘉奖，我个人也以工作成绩突出，荣立三等功，被评为全团优秀标兵。

能够迅速成长、取得如此成绩，这是我当兵前想都不敢想的。每个人都有做太阳的机会，这是我到部队懂得的道理，尽管这个道理领悟得晚了一些，但我毕竟找到了人生的舞台、飞翔遨游的空间。

1983年10月初，一些退伍老兵带着冶炼的意志、熔铸的思想离开部队，到别的舞台去了。月底，新兵陆续到来，这批兵的训练标准特别，原有的工作学习时间做了调整，白天的理论学习改在晚上，军事训练贴近实战。由于训练任务重，午休取消，取而代之的是新增的各种课目演练，政治学习侧重传统教育，围绕着英雄主义、战斗精神，开展了一系列活动，激昂的情绪如山崩海啸，一浪高过一浪。11月，报刊上陆续登出境外来犯者毁我家园，打死打伤我边防军民的消息。12月，各种训练的强度、力度空前加大。1984年1月，我和几个班长同时入党。2月，刘朝顺提升为排长，到二排任职，我被指定为战中第一代理排长。

宁可前进一步死，决不后退半步生

家书不能不写，至于何时写、写什么，那是另一回事。自从部队开拔边陲小镇南温河，我就想给家里写封信，但麻栗坡这个地方山高坡陡，老百姓的村庄大多数在山腰，一是交通不便，二是地形复杂。部队要在亚热带山岳丛林地作战，必须适应这里的地形地貌和变化无常的气候，大家整天不是应对夜间训练便是忙于演习，哪有写信时间；加上部队为了保密，不让官兵给家里写信，以免暴露行动意图，写信的念头也就打消。

4月初，连长指导员跟班排长说，不是不让写，而是不让寄，类似向上级单位表决心要任务都可写作内容，于是我代表全班写了一份请战书。至于家信，大战将至，如此规模的战争哪能没有流血牺牲，战斗前总要留下几句话，否则人死了只言片语都不见，无法向亲人交代。

家信我是在训练间隙分两次写完的，头一次写了几句，天下起雨来，不得不收起信纸。第二次是我看完沙盘推演，跟着指导员到边防哨所，近距离观察作战地形，回来后越来越觉得战争迫在眉睫，尽管出征酒还没喝，但从部队远程拉练来看，离收复老山的日子不远了，越在这时越加思亲，如果在出征前见家人一面就好了。然而这是不可能的，作为一个肩负使命的革命战士，此时此刻我知道怎么做。我利用模拟演练的间隙掏出信纸，向家里讲述了侵略者在我边境武装挑衅，占我领土，杀我边民，毁我田园的累累罪行。告诉父母，我正准备执行任务，不能请假。我的父母都是老党员，相信他们会理解我的心情。在信的最后，我这样写道："亲爱的爹娘，当你们收到这封信时，也许我已经上了战场，你们不要悲伤，请你们等候我杀敌立功的消息，我一定让两位老人家看到我的军功章。如果我牺牲了，你们会收到一枚军功章，那是我生命的写照，鲜血的凝结。如果我没牺牲，部队返回昆明，我会戴着军功章回家看望你们。"

4 月 28 日凌晨，战斗打响。我们二排的任务是配合三排攻占 57 号高地，等三排拿下阵地，汇同一排，左右两把尖刀，直插敌军连部所在的 50 号高地。四班是二排的尖刀班，担任主攻任务。六点整，我排提前进入进攻位置，六点半，攻占敌阵地的我方炮火刚停，三排便对敌发起攻击。二排迅速跟上，遭到敌军猛烈的炮火拦截。当我排冲到 58 号高地与 57 号高地之间时，我排排长刘朝顺被炮弹炸成重伤，我扑过去给他包扎。刘朝顺断断续续地对我说："四班长，现在全排由你指挥，一定要打好!"我说："排长，放心吧，只要我不死，一定带领全排完成任务!"由于排长伤势过重，一个急救包不够用，我用我和另一个战士的急救包，给排长包扎好伤口后就立即接过步话机，向连长报告情况。连长当即命令，二排迅速向 57 号高地左侧进攻。我判断了一下方位，带领全排向 57 号高地冲去。冲击中，遇到三排的同志，我听战士们说，三排长、九班长负伤了，八班长牺牲了。于是，我就让他们和我们一起战斗。

57 号高地左侧山包上两个敌人的机枪火力点向我们猛烈扫射，老山主峰上的高射机枪也不停地射击，两个战士在冲击中壮烈牺牲，全排被敌军火力压得抬不起头来。我想，应当先敲掉敌军火力点。于是，我指挥大家散开队形隐蔽后，低姿爬到一棵横倒的大树旁边仔细观察，看准敌人一个正在喷着火舌的机枪火力点，迅速拿起牺牲在我身旁的战士的火箭筒，一发火箭弹将敌机枪打哑了。我猛地向右滚出两米，敌军另一火力点向我刚才的位置一阵扫射。我指挥机枪压制敌火力，命令五班火箭筒手王龙贵干掉敌军第二个火力点。

王龙贵连射两发火箭弹，消灭了这个火力点，于是全排又向前冲击。

我翻过一棵被炮弹炸断倒在地上的大树，向前跑了四五步，刚卧倒，左侧树林中就向我扫来几梭子弹，"嗖嗖"地在我身边飞过，我觉得左小腿一热，意识到负伤了。我猛地掉转枪，往树林里一阵扫射，树林中没了动静。我伸了伸腿，感觉伤不重，来不及看伤口就又向前冲击。冲到阵地上，我向盖沟里打了一个点射，有个敌人刚想逃命，被我和战友击毙。这时，我发现敌环形工事火力点较猛，冷静地一想，应该军事打击与政治瓦解相结合，就叫战友对敌人实施战场喊话。顽固的敌人打来几梭子弹，王龙贵迅速开火，摧毁了敌碉堡。

秦安金是机枪手，他来自四川，战斗打响后掩护我们战斗，一枚子弹从左侧飞来，击中他的脸颊，由于两腮贯通伤，口腔无法包扎，嘴里的鲜血染红绷带和前胸。我命令他下阵地，他说不出话，却重重地在我胸口打了一拳，迅速移动位置掩护我们战斗，直至壮烈牺牲。

季光能17岁，秦安金的副射手，见秦安金牺牲，抱着秦安金失声痛哭。可阵地上二排和三排还在跟敌人激烈交战，他放下秦安金，提起轻机枪追了上来，选择好位置后继续掩护战友，消灭了两个敌火力点，胸部中弹壮烈牺牲。

王树生18岁，头皮被炮弹片掀开，将头皮按在脑袋上，继续坚持战斗，直至胸部中弹，壮烈牺牲……

战友们的牺牲撞击着我们的心灵，大家勇往直前扑向敌阵，抢占57号高地表面阵地。57号高地拿了下来，我迅速调整部署，带领二排向50号高地进攻。

50 号高地位于老山主峰东侧，上面有敌人的一个连部，高地由三个小山包组成。敌人在正面设有堑壕、交通壕、防步兵绝壁、不规则的雷场和铁丝网，形成以高射机枪、重机枪、无后坐力炮交叉火力和明暗火力相结合的防御体系。要进攻这个高地，先要顺山坡下至山洼，越过山洼才能攻击敌人。我们穿越山洼时，遇到敌军炮火的疯狂拦阻。一发炮弹在离我头顶 4 米处的树冠上爆炸，另一发炮弹也撕扯着我右侧的地皮，我的钢盔飞了出去，头部左侧和左臂像针扎一样疼，身体被强大的气浪掀出两三米……不知过了多久，为我包扎的战友连连摇晃着我："排长，排长！"我从昏迷中被战友们唤醒，只觉头重脚轻，伤口剧烈疼痛，双耳（两耳膜穿孔）嗡嗡作响，右耳什么也听不见。我睁眼一看，排里的战士们焦急地望着我，并告诉我敌军炮火密集，我军第一次冲击受挫。

我当时想，全排等着我指挥，排长委托我的任务还没完成，我不能倒下。我咬着牙站起，立即组织第二次冲击。这时，一位战友来到我身旁："排长，你已经两次负伤，能坚持吗？"大丈夫行事没有退步一说，何况我是军人，军人就是烈火金刚，就是秋风刀、气节剑。生为国家，顶天立地；死为民族，甘为鬼雄。为祖国而战，我宁可前进一步死，决不后退半步生，我愿把青春和生命交给壮烈的祖国。我挣扎着站起，审视了一下地形，天灰蒙蒙的，缭绕着从山坡溅起的硝烟。我扫了一眼战友，喊了一声"跟我来！"，沿着靠主峰一侧的山腰，钻进灌木丛。在我的率领下，二排向 50 号高地一侧发起攻击，顿时枪声大作，敌人的冲锋枪、机枪、明暗火力一起吼叫，我呼唤炮火支援，全排轮番上阵，迅速突击到敌前沿阵地。

这时，一排在左侧早已发起攻击，我们隔着丛林通过枪声判断着彼此的位置。我的左臂疼痛难忍，但我顾不上这一切，仍指挥大家向前进攻。在一片缓坡地带，遇到了敌人的雷场，战友们炸开通路。通过雷区后，是敌人利用自然环境设置的防步兵绝壁，高处约 3 米，低处约 2 米。我选了一个位置，组织战士们攀了上去。一登上绝壁，我立即组织火力猛烈压制山头上的敌人，四班、五班交替掩护前进，很快攻下第一道堑壕。我跳进堑壕，带着战友们向又一处阵地进攻。

攻击 50 号高地半山腰的阵地时，敌人居高临下，甩下手榴弹，其中一枚落在我右前面的草丛里，冒着青烟，我想捡起手榴弹扔到敌阵爆炸，又担心被草绊住手。就在这一瞬间，我看见右侧机枪兵张田，也想伸手去捡手榴弹，我抬脚将他踹翻，顺势向侧后一倒，身体还未落地，手榴弹爆炸了。这是我第三次负伤，喉咙、膝盖和肩膀中弹。

我来不及包扎伤口，向战友们下达冲击命令，由于前面悬崖交错，难以穿越，我当机立断，留下一个火力组掩护战斗，其余人员，向左侧包抄迂回。迂回过程中，遇上一排，李金平副连长见两个排会合，立即准备加强火力，梯次进攻。快钻出灌木丛时，他踏响了地雷，地雷将他和我同时掀起，我只觉得万箭穿身，草木和飞起的泥沙堵住我的嘴，憋得喘不过气来。我扒开嘴巴里的泥土，喘了一口气，想看阵地，才发现眼睛看不到。我感觉左脸颊上面吊着个东西，一晃一晃的以为是炸起的树叶沾在上面，伸手往下一摘，感觉到痛了才明白，是左眼球炸出来了，右眼也被弹片击中，血肉模糊，我扒了扒，右眼疼痛没有左眼剧烈，以为受伤并不重。我喊了一声副连长，战友们说副连长在昏迷当中。关键时刻，每分每秒都有人流血牺牲，不能耽误时间。我忍着剧痛迅速将左眼球塞进眼眶，边爬边指挥战斗，战友们同仇敌忾、一鼓作气拿下阵地。我掉进深坑，昏迷不醒，后来才知，攻击 50 号高地时，一班起到了不可替代的作用。我不清楚自己是什么时候被卫生员张兴武和两个战士抬离阵地的，只知道等我醒来，人已经躺在文山野战医院里。

冷不丁，给厄运一拐棍

文山野战医院，是我途中经过的又一医院，我迷迷糊糊，似乎觉得有人说话，却又相距遥远。我的头脑里出现幻觉，都是战场情景，不是敌人掐着我，就是我按着敌人，我拼命挣扎呼唤李副连长。不知过了多久，幻觉重复出现，我在战壕中跟敌人扭打，想喊战友却喊不出声。如此幻境反复四五次，我听到有人说话，我动了动身子尽力使自己清醒，判断出说话的人是我方人员。"尿……"护士跟医生说话，没发现我已苏醒，我想声音大些，一用力，嘴角两边有如刀割，只好伸手拍了床铺吸引说话人员的注意。护士发现了，跑来床边，问我有什么需要帮助的。"身体难受，我想尿尿。"我费了好大劲才把意思表达明白。护士拿来尿瓶，在我的要求下换成男医生。这泡尿没有节制，尿了三瓶还没尿完，也不知哪来那么多尿。我还不知一路上我已转了四个救护所，每到一处输完血抬上车拉着就走，弄得我现在躺在病床上毫无遮掩，尿液溅得到处都是，裤子上、床上甚至是医生的手上。

医生走后，护士问我要不要吃点东西，我摇了摇头，带起伤口的剧痛。听说有水果罐头，我来了兴趣。曾听人说过菠萝很好吃，连吃猕猴桃的猴子见到菠萝都迷恋三分。人快死了，何不尝尝没吃过的东西？这种念头从我接到战斗命令时便有。护士听说我想吃菠萝，急忙拿来罐头，打开盖子，用小勺喂我。由于我脸部烧焦，嘴根本无法张大，她想将罐头里的菠萝块捣碎，但找不到刀子，只好问我嫌不嫌脏，如果不嫌，她用嘴嚼。长这么大，除了母亲还没有谁嚼东西喂过我。我十分感动，张嘴接过她嚼在勺里的菠萝渣。这件事一直给我留下美好印象。几年后，我专门到文山医院寻找她，有人说没这个人，也有人说她不叫周艳叫周小燕，工作调动到昆明去了。我回到昆明，一一查询，找遍部队所有医院，仍没寻到这个我心目中的白衣天使。

昆明总医院是我人生转折的地方，既是终点又是我的起点。之所以说它是终点，那是它彻底打消了我的幻想，告诉我："你的过去没了、丢了、破灭了。"我天旋地转，人生陷入颠覆性的混乱。

刚开始医生没有这样讲，只是说我的左眼球清除异物，已经摘除，身上的弹片要尽快取，不然感染化脓不好办。我浑身血污地接受手术刀的摆布，今天推进手术室在这个部位划几刀，明天推出重病室在那个部位拉几下。两个星期来来回回动了好几次手术，光脸上的手术就做了三次，每次取出的弹片都有一小把。

虽然我的伤势很重，但我咬着牙坚持不哼一声。我对医生说："别的伤不要紧，能给我保住眼睛就行。有了眼睛，还可以看到战友，看到连队，重返前线。"能留下一只右眼也可以。我当时还不知道，我的右眼打进两块弹片，眼球已经破碎，也保不住了。医生担心我忍受不了双目失明的打击，一时不敢告诉我。我天天怀着期待，盼望右眼早日见到光明，常常焦急地问医生："我的右眼怎么还看不到东西啊?"那段时间医生总是婉转地安慰我。

终于,医生觉得总不能长久地隐瞒。一天,眼科张主任来到我的病床前,对我说:"小史,你的右眼也保不住了,希望你要坚强。"一听这话,做梦都盼望着重见光明的我,捂在被子里失声痛哭。我才二十岁,人生的道路还很漫长,光明就向我告别了,今后陪伴我的将是茫茫的黑暗。生活对我来说还仅仅是开始,我多么热爱连队火热的生活啊!我多么想再看到五光十色的世界啊!如果只是丢条胳膊断条腿,倒也影响不了我的人身自由,偏偏这是失去眼睛,没有眼睛我怎么巡逻站岗,怎么带兵,又怎么实现我想当一个卓越指挥员的人生理想?

战友们劝慰我,我默不吭声,只是苦苦地沉思,想了许多许多。我想起了过去那美好的生活:在足球场上奔跑,在篮球场上跳跃,在训练场上练兵……如今,这些只能是永久的回忆了。我还想到农村盲人那种艰难的生活,他们依靠着家庭,父亲母亲活着时他们的生活还能得到保障,父亲母亲去世后他们的生活是万分艰难,有的甚至衣食难保、四处乞讨。我的童年是在别人歧视的眼光下成长的,如果再让我回到那种环境,我宁愿死也不愿去过那种仰人鼻息、遭人鄙视的生活。我彷徨在痛苦的抉择中,这不是战场,战场上的死亡那叫捐躯,而医院中选择自尽,那是自贱,不管用什么方式结束自己都是不尊重生命的行为。即便想死也要等见父母一面再说,我请战友帮我往家里发了一封电报。父亲听说我受伤,急急赶来,我妈身体不好,他没让我妈随行。当父亲来到病房,见我失明的不是一只眼,而是两只,心脏病突发,引起肾衰综合征反应,住院两个月,回家后24天便去世了。我妈经不住双重打击,精神分裂。

　　一仗下来，爹死娘疯，我失去双眼，家里还有六岁的弟弟需要照顾。顿时，我脑子里一片空白，如果父亲没死，母亲没精神分裂，我会在双目失明的痛苦中彷徨更多时间。有了这一变故，我突然变得冷静，我不能死，我死了我母亲咋办？也许我的存在对他人与社会起不了多大作用，也改变不了什么，可对母亲和年幼的弟弟，却是他们心灵的寄托，生活的依靠。想起母亲，我有太多的亏欠，她老人家含辛茹苦把我养大，丝毫没得到报答，反而被我卷进了灾难。强烈的责任感让我忘却了失明的痛苦，转而着眼于未来。于是我振作精神，开始学着洗衣、叠被、自己摸索着上厕所……

　　有一天晚上，护士余清拿着一本书走进病房里，她说给我读海伦·凯勒。"海伦·凯勒是什么古？"我问。"什么古？我不明白你的意思。""这还不明白，能在书中行走的人，自然比我们古老，你说能不古吗？""噢，原来是这个古。"她若有所思，坐在病床边给我讲海伦·凯勒。1880年，海伦出生在美国的一个偏僻小镇，因患猩红热，眼盲口哑，在老师的帮助下学会说话写字，长大后上了大学成了众人仰慕的作家。她逐句读起，我靠着床头，侧耳倾听，海伦·凯勒的人生经历深深触动和感染着我，只是跟我所知的保尔·柯察金相比，我对保尔更加亲近。只不过，他双目失明是慢慢的，有个思想过渡的缓冲期，不像我"嘎巴"一刀切，色彩光明全没了，弄得我毫无心理准备，自乱阵脚。海伦·凯勒与我之间，我觉得她就是她，我就是我，还是缺乏现实指导意义，不过她和保尔一样，每当提起都让我想起一个不能回避的问题：我怎么办？年纪轻轻的，总不能躺在往事里，不然，掏空青春，我还有啥？还不被寂寞淹死，到底能做点什么？我反复想。有人建议我学按摩，我腰部有伤，不太适合这个专业。有人建议我学弹奏，我手指短粗，不适合弹琴。天生我材必有用，这话怎么总是对别人有用，对我没用，我怎么总是扮演倒霉蛋的角色？想了又想，我买来收音机，收听文学讲座，从此走上自学之路。

不幸各有不同，关键在于态度，如果眼里只有伤口，生活只会充满悲哀。冷不丁，给厄运一拐棍，烧火棍也能劈出一条生路。人生就是这样，只要积极进取，从容面对，光着脚丫也能踩出一条路来。

每天的太阳都是新的

我最先自学写作是在昆明总医院，发表第一首小诗却是在上海。1985 年 5 月，我随几个战友到上海长征医院，做眼底修复手术，因为眼球摘除，做了义眼，需要把眼眶底修复平整，才能正常安放。手术后那晚，我做了个梦，重又见到光明，醒来后久久不能平静，深深眷恋于那渴望见到的山水。静夜我坐在病床，一种按捺不住的激情，迫使我不表达出来就很难受。第二天，我请护士孙富妹写了下来，她记录完这首叫《我恋》的小诗，问我什么文化程度。我说初中，她不信，说初中生写不出这样好的东西。以前我写过一首诗，病友们笑话我，说连口号都不像，现在听她赞不绝口，我以为她也是讥笑，便涨红着脸解释：别笑我。她劝我寄给报社，我怕丢人没敢答应。她再三劝解，这才把诗寄了出去。

张川老排长在医院做假肢，见此情形表示祝贺，伸出断了四根手指的手，跟我握手。我握上去，一把握了个空，受此触动写了另一首诗——《手》。

20 天后两首诗分别在报刊刊登。收到刊登着自己小诗的《上海日报》和《上海青年报》，我格外激动，要知道对我而言，这不是简单的登载，这一行行小诗，就像一级级台阶，让我登上去看到了希望。

1985 年 10 月，我随英模报告团在全国巡回演讲。12 月，我来到广东深圳大学，报告结尾，朗诵了我的小诗《我是军人》，会场掌声经久不息，我只好又朗诵了一首《爱情的砝码》，场下瞬间响起暴风骤雨般的掌声。这倒不是我的诗如何经典，而是同学们对我的写作给予了肯定和鼓励。听我的演讲，学校领导感觉到有一定文学色彩，当场决定破格录取我为中文系本科学生。1986 年 9 月，又一次巡回演讲结束，我收拾行装赶往深圳。

深圳大学位于南山后海湾，依山起伏，外海内湖。学校环境优美，人才资源丰富，是全国开放式综合类新型大学。尽管学校成立晚，1983 年才破土动工，但当年建校招生，曾被邓小平称为"深圳速度"。

我来到深大，住在蓬莱客舍，这是一处学校招待所。客舍前面是片空地，空地的对面是学生宿舍区，穿过宿舍楼走不远是道路交叉口，往左前方经荔枝园走，通向深圳市区，右前方通往图书馆、办公楼、教工区。图书馆一旁，办公楼一侧便是教学楼。

教学楼分大教室、小教室，大教室上公共课，小教室上专业课。我们班五十多人，学的是汉语言专业，同学们都是应届考入的高中生，学习基础扎实，不像我初中毕业，双眼还看不到。他们能记、能看、能听。我只能靠听，加上我的双耳膜在战场上被炮弹爆炸穿孔，有一边没恢复好，听力受到极大的影响。尤其在大教室，听课有时就像在迷宫里，很难听清。我尽量坐第一排，离老师近一些。同学们不愿坐第一排，怕老师讲课时粉笔灰乱飞。我不怕粉笔灰和老师的唾沫星子，录音机放在桌上，按下录音键，认真听老师讲课。

老师给明眼人同学上课上惯了，不可能改变教学方法。有的老师黑板上写字，还想得到我是个盲人，讲解时提醒黑板上写的是什么。有的老师，讲课讲累了喜欢在黑板上写字，让嗓子多休息。拿起粉笔在黑板上写得又多又杂，转过身来不说写的是什么，反手敲得黑板嗒嗒响，嘴里铿锵有力：同学们，就是这个内容。他倒是铿锵有力、绘声绘色，我这儿一片空白、茫然若失。一旦遇上爱在黑板上写字的老师，我就成了一根苦黄瓜，焦虑不安，只有下课后找同学去补。

第一学期，跟同学不熟，怕找他们请教难题吃闭门羹——没面子，我去找老师。教工区离蓬莱客舍远，走路要半个小时，虽说腿负过伤，但那点路程不至于影响到腿伤。一下雨就麻烦了，衣服淋湿是小，关键是路上湿滑，既要防止摔跤，又要小心别踩进泥塘，鞋上带泥到老师家，不好意思进去。一次我到教工区，找老师请教问题，开门的是师母，见我和我的陪同脚上都有泥，嘴上说请，身体却堵着门口不动。偏偏老师在里屋听我来了，客气相邀，我进也不是，退也不是，站在门口跟老师攀谈也不是。

有过这段插曲，雨天我便不再到老师家请教，转而去找同学。同学们有意思，人不熟时，看我请教问题，都十分认真仔细。交往一熟，反而扯着我问这问那。男生好说话，天南地北到处扯，女生不然，有的爱开玩笑："史大英雄啊，这么简单的问题你也敢问，这种语句，初中便有，你当年干什么去了，是忙着递纸条，还是找牧羊女去？竟敢等到现在才问。"我做了解释，说了没有。"你敢说没有，没有为何脸红？告诉我是不是喜欢上了同桌？看来真应了那句英雄气短、儿女情长的古训。"这样的玩笑开多了，我逐渐不再脸红、尴尬，遇上相同的事我也有问有答、自然应对。有时还主动拿人调侃，侃得对方面红耳赤、春江秋色，这样一来同学们跟我距离拉近了，愿意跟我出游，也愿意到我房间来玩。

同学们到我宿舍，为我请教问题提供了方便，可有的同学不怎么讲卫生，随意往地上吐痰。他们解答完难题或者聊完天之后走了，有时我听录音机，换磁带或者电池，不小心把磁带、电池碰到地上，伸手去摸去捡，电池、磁带没摸到，沾上一手黏痰。每当这时，我格外懊恼，可转念一想，我是来干什么的？既然是来学习，手弄脏了，洗干净不就行了吗，何必想那么多，把心情弄得这么糟。

一天晚上，我坐在宿舍听录音，突然大腿一痛，以为被蚊子咬了，心想，怎么特区的蚊子都与众不同，隔着裤子还能咬人。没多会儿，被咬的地方肿起包来，我猜测不是蜘蛛就是蜈蚣，或者是非洲沙漠上的毒蚊子。半小时后，同学到我的房间来玩，我请他看看是什么东西咬了我。他搜寻了一圈，在纱窗角发现了一只大马蜂。打这以后，我将蚊帐放下，钻到蚊帐里学习。深圳夏天闷热，罩着蚊帐学习，像暑天穿着棉袄，没过多久便汗流浃背。

在我所学的课程中，最难的是古代汉语，现代汉语还没学好，学古代汉语更难。比如《木兰辞》里"唧唧复唧唧"的"唧"是哪个字，机器的机还是老母鸡的鸡，我不知道。只能请别人用结构分解的办法，给我讲解。如果听不明白，再请别人用手指在我的掌心上边说边写，让我去感受。我一个字一个字地认，一个词一个词地学。今天掌握一段，明天理解一章，一门课刚完，另一门课又排上日程。天天都有新的播种，日日都有新的攀登，认识后还有新的认识，发现了还有新的发现。每天的太阳都是新的，日子充实、忙碌，绝不是简单地重复，高超地模仿。

我不断上课，不断激起内心兴奋的情绪。有了兴奋点，就有诗情画意迫使你不得不动笔写出来。一次周日，我正在宿舍听录音机，一个清脆的声音直撞进屋："史光柱，放下你的臭架子到外面转转去。"我不知自己有没有臭架子，更不知这臭了的架子跟出去转转有何联系，我莫名其妙，不知这个女同学为何带着怨气，而且声音高上八度，像清脆的响雷砸进我宿舍门。这种迎面的冲撞，我似乎在哪儿感受过，我的思维飞速搜寻，顿时想到了战场上直撞而来的炮弹，于是一幅画面闪进我的脑海。短短两三分钟，我写下了这首叫《塑像》的小诗——"我走过那棵，被风修剪过的树旁，有一双僵硬的胳膊，冰凉地搂着，一对冻僵的白鸽。这尊塑像，像伟岸的泰山，矗立在我面前。我陪着我哭泣的心，用颤抖的手，点燃一根'中华'，衔在他的嘴上，弥补他十八岁的遗憾。"《塑像》写完，仍觉情海翻涌、意犹未尽，我又写了一首小诗《求》。"第一次求你——眼睛，第二次求你——手心，第三次求你——心灵，第四次求你——背影。"两首小诗写成，前后不到十分钟，真情驿动，由不得我不写。

我边学边写，学是为了追寻艺术的表达，写却是为人生与生活的领悟。我的前两本诗集《我恋》和《背对你投下黑色的河流》，多数作品是在大学里写的。这不奇怪，因为我缺的不是生活积累、人生感悟，而是艺术的表达技巧。一旦有了技巧，感情也就冲破阻拦、澎湃涌出。

白天，我坚持到课堂上课，刮风下雨从不间断。为何要这样逼着自己苦学，一方面是我想提高素质，重塑人生；另一方面是因为一件事情的触动。

我有一个战友是贵州人，跟我一样梦想着当一位卓越的指挥员。他利用节假日，买来数理化课本，埋头学习。头一年考军校，只差两分，想第二年提前准备，准能考上。结果上了前线，再没回来。他想上大学，却永远倒在了殷殷红土之下。而我有了这个机会就更得珍惜。

上课时，由于不能像明眼人那样，可以看看老师的表情、窗外的色彩调节大脑，时间一长，造成我神经性偏头痛。止疼片不能多吃，为了正常上课我掐着手指，刺激着神经也要坚持。疲劳紧张加上天气闷热，我的眼眶经常发炎，有时红肿得像两个裂了口的石榴。假眼球放不进去，我吃着消炎片也在坚持学习。由于耳膜负过伤，经常感染化脓，医务室有医生时，可以把脓块冲洗干净。有时医生不在医务室，我自己掏，却越掏越堵。听不了老师讲课，想看书，没有眼睛，只能坐在宿舍里，凭着记忆，默默温习以往上过的功课，这种情况下也坚持在学。四年之中，凭着这种恒心和毅力，我学了将近90门课程，平均83.9分，成为全国第一个获得学士学位的盲人。

大学拓宽了我的知识面，增强了我的信心，让我学会了如何从多角度看问题。让我感动的是，在我请教问题时，不管找到的是老师还是同学，他们再忙再疲劳，都会抽空给我讲解，这对我的学习起到很大帮助。能无私讲答不收一分钱，不能不说是道美丽的风景。

1990 年 7 月，我大学毕业，回到部队，组织上根据我的情况，同意不在部队盯班，而是在家里边疗伤边做些力所能及的事。这并不影响我对生活的感受，枪杆拿不了，我拿起笔杆，依旧冲关拔碍，攻克一个又一个阵地。

1994 年 12 月，我的第四本诗集《眼睛》出版，随后，中国作协专门召开了我的作品研讨会，首次提出"史光柱诗歌现象"。到会的专家、学者和诗评家，进行深入研讨，站在哲学高度分析作品的童真美、悲壮美、破碎美。从黑白对应，战争与和平的空间切割，诗意和逻辑悖论等特点，认为作品有划时代意义，超越和突破了枪杆诗的理念。从此，军事文学又多了一种像史光柱那样充满思辨色彩的审美作品。

1997 年，蓝西拉光缆施工，我进藏深入生活，随即从藏北来到藏南边防哨所。那里条件艰苦、环境恶劣，一路上只能用感慨二字形容。不知道你可曾见过一群鹰对人的挑逗；可曾见过一大群鱼对你的亲热；可曾见过星光不是射出来的、洒出来的，而是飞溅出来的；可曾见过蓝瓦瓦的天像砂纸打磨过的那种光滑、细腻，无数金沙似的颗粒镶嵌其中，闪烁着光的波纹；可曾见过峡谷一样的意志，峭壁一样的毅力；可曾见过十几公里背土垒地，养活的菜只是看，不是吃；可曾见过冬天烤火，面对火盆，产生幻觉，把烧红的铁皮误当鲜花，伸手抚摸；可曾见过每年 8 个月的封山储备物资，有思想储备、精神储备，以及自然界色彩的储备……

回到北京，我写了一本 28 万字的书《藏地魂天》，你可以说它是游记，也可以说它是散文集。不管是游记还是散文，这并不重要，重要的是一个故事一个标题，每个标题的背后都是生动的情节，真实的故事。有的纯朴自然、自由奔放，有的神秘莫测、妙趣横生，有的岁月流走、耐人寻味，有的高亢有力、荡气回肠。

2009 年 9 月，由中国散文学会、纪实文学联谊会和多家媒体刊物联合举办的"中华之魂"文学评选揭晓活动在北京举行，《藏地魂天》被评为最高奖特等奖。这不是我第一次散文获奖，早在 1980 年代我的散文就获过奖项，2006 年我的散文《春天，我的春天》荣获全国一等奖，这次评选没设特等，只有一等。跟顶尖的作家相比，这算不了什么，不过令人高兴的是每次参评，只要有我的作品，最终都能入选，这得益于我的人生经历，也是作品自身的魅力，当然更是评委对我的鼓励。创作至今，我出版过 7 本专著，国内外发表单篇作品 600 多篇，获国家级文学奖 18 次。2009 年 8 月，我的诗集《寸爱》出版发行，这本书被中国作协列入全国重点作品之一，作品讨论会上，再次提出"史光柱诗歌现象"。

值得一提的是上万人参加的奥运征歌大赛，由我作词作曲的《放飞每天》入围百名获奖词曲。遗憾的是我不是创作室的创作员，征歌办和中央电视台多次打电话索要这首歌的 MTV 带子，我拿不出，没有这个经济实力，错过了歌曲的播放、宣传和推广。也正因如此，引起了一些专家学者的关注，这才有了后来的中国文化艺术基金会、中国文学基金会和中国音乐协会等有关单位联合在京举办我的词曲作品的专场。

俯下身来做桥

当铺路石、敲门砖的含义，谁都清楚，但要真的做到，并非易事。随着我跨入文学艺术门槛，应邀到不同的地方演讲、授课，做铺路石的想法在我的头脑里越来越清晰。只要人们能穿沟越坎，成为社会有用之才，我愿俯下身来做桥梁，让众人踩着过。

1984 年 9 月 21 日，由军区召开的庆功会在昆明国防剧院隆重举行。开会前两天的一个上午，一个护士急急忙忙跑进病房："史光柱，你当英雄了。""我当英雄，就我，像吗?"护士见我不信，忙说："瞧你，这么大的事，我能骗你?"她手中拿着报纸，想递给我看，随即转向邻床的战友："你们瞧瞧，读给他听。"护士走后，病友抖开报纸，确定是真的，中央军委发布的命令，一共十名，而且是邓小平签署。我深感意外，这就是说我跟黄继光、董存瑞一样都是人民英雄，他们可是我从小学习的典范，别说跟他们一个档次，即便跟我身边流血牺牲的战友相比，我也有差距。我愣了愣神，抓住前来祝贺的病友，庆幸自己没在双目失明的绝望中放弃希望。不然，这脸可丢大了，不仅给部队抹黑，而且还辜负党和人民的恩情。

报告会当天下午，我父亲去世了，前来接我的马龙县武装部政委，找到部队领导说了情况。部队给我三天时间，我回家处理完丧事，赶回昆明做了半个月的事迹报告。报告结束，部队接到命令，要求我们赶往兰州军区演讲。9 月 28 日，我随报告团来到北京，参加新中国成立 35 周年国庆观礼。在这次活动中，不少开国元勋接见了我们，其中就有改革开放总设计师邓小平。

我没想到日理万机的邓主席，能了解到我这个小人物的情况，他握着我的手，喊我小鬼，"你姓史吧?"我很惊讶，顾不上回答首长问话。而此时众人已涌向他，他也来不及讲话，忙着握手。合影结束后，英模们纷纷上前跟国家领导人说话。临时护理我的人，也是个模范人物，她想找领导人签字，急急将我带到一边，让我待着别动，她去去就来。现场的工作人员见我站在一边，仍会被来回穿梭的人群和抢镜头的记者碰到、撞到，又将我带远了一些，并说等领导人回到休息厅，英模们安静下来，会有人来带我。他回到他的岗位，我靠墙边站着，平时我有蹲在地上的习惯，站了一会儿，觉得腿酸，便顺着墙根蹲了下来。过了几分钟，有个像是过路的干部咦了一声，他诧异地问："你怎么蹲在这儿？"没等我回答，他便拉起我，"快，邓主席找你。"我抓着他的胳膊，穿过人群，在警卫的指点下，快步走向休息室，迎接我们的是杨尚昆副主席，他说小平同志等了我几分钟，始终没见我来才走了。"等了我几分钟？"我瞪大眼睛，这期间怎么没人来叫我？事后知道，不是没人叫我，而是找我的人在人群中没能搜寻到我。人民大会堂是什么地方，他们不能大声喧哗，只是边问边找，找遍了照相厅，又找了附近的厕所也没见我踪影，只有扩大范围，才在远处通道的墙根找到我。我后悔不迭，但当着杨副主席，不好表露，立正问道："邓主席找我有事吗？""没事，他关心你的伤情，希望你把伤养好，为人民再立新功！"杨副主席语重心长地对我说，希望我发扬革命的乐观主义精神，战胜伤残，做生活的强者。

离开杨副主席，来到休息室外，报告团领导提醒，刚才的话说错了，我不该问杨副主席，邓主席找我什么事，而该问邓主席找我有什么指示。有什么事和有什么指示不都一样吗？后来，我仔细想想，觉得报告团领导说得对，首长对下级说事应该称之为作指示。回到宾馆，战友们打开话匣子，纷纷说我，"土包子进城，尽冒傻。""阴沟地埂，哪处不能蹲，偏跑到人民大会堂蹲墙根。大会堂是国事、国商的地方，跑来这儿蹲墙根，算不上丢丑，起码也算丢人。"他们还有脸调笑我，看到有机会跟国家领导人说话，纷纷跑去争光添彩，唯独把我扔到一边。我只能干瞪眼，心中有气也不知找谁诉。有的战友变本加厉，拿我取笑，说史光柱蹲坑闹笑话，开的是国际玩笑，一个外国友人发现他蹲在那儿，以为他练中国功夫，让翻译一打听，原来不是练功夫，而是冒傻气。我翻起白眼瞅着他们，瞅了好几眼没效果，这才想起我没了眼球。没有眼球哪来的白眼，难怪他们见我斜着眼瞅他们也没反应。

　　国庆观礼系列活动结束，报告团在北京和济南军区所属部队，以及地方机关、厂矿和学校演讲。春节回到昆明，稍加休整，又在原昆明军区部队所在地，做事迹报告。1985 年 5 月，在有关部门帮助下，我们在上海做眼底修复手术。同行的有孤胆英雄陈洪远、战斗英雄安忠文。陈洪远目光敏锐，虽说摘除了一只眼球，但不影响另一只的视野，人称一目了然；安忠文跟我一样，都是目空一切，眼睛看不到。老排长张川也来了，他打算移植四根手指，只是断指早已扔进炮火，需要用脚趾做移植手术。本来这是一件容易抉择的事，硬被他搞复杂了，你想脚趾充当手指，本就难看，干起劳动又基本无用，不做是最好的。反正有大拇指在，见面时不用说话，伸出拇指，对方就知道是在问好。恭维谁，也用不着累舌，一亮大拇指，别人自会领悟是什么意思，何乐而不为？他偏要暗自神伤，不是担心手术失败就是担心脚趾取代手指不堪入目，弄得自己脑袋上"荒草凄凄"的。知情的，知道他在掉发；不知情的，以为他智慧过人、聪明绝顶。其实他就是他，岁月早已下了定论。要像我，到哪儿都不顾及别人的脸色，该做什么做什么，别人脸色再难看，跟我无关，反正我眼睛看不到，只要不影响工作就行。这次治疗，伤还没有好，不少单位便主动来医院邀请我们去做报告。

宝钢那时规模比现在小得多，有的厂房和锅炉刚刚动工和安装，我的讲座稍作调整，围绕着规范、统一，敬业、爱业，延伸到战术与阵地、战略与市场，把经营理念和战斗素质穿插其中，报告会获得意想不到的效果。宝钢演讲结束，我们又到了上海汽车、第一百货、自行车厂、复旦大学等单位演讲。那是我们的自发行动，离所在部队远，这次活动我们没请示部队。市委领导了解到我们伤势未愈便投入到爱上海、谢上海的活动，被我们的行为深深打动，在会议室接见了我们。那时上海市市长是江泽民同志，他对我们为上海精神文明所做的努力表示感谢，吃饭时给我敬酒、夹菜，嘘寒问暖。也许我眼缠纱布在单位演讲的电视画面给他留下了深刻印象，在他担任总书记后，几次会议接见，他都主动上来，跟我紧紧握手。1991 年 7 月，首次全国自强模范和扶残、助残先进代表表彰会在京举行。江总书记出席并发表重要讲话，讲到自强自立、奋发有为时，拿我和张海迪举例。他搜寻了一下会场，扭头问身边的工作人员，名单上有我的名字，怎么不见我的身影。那次大会，我因部队安排，到山西大学生训练基地讲课，会没开完便走了。等我接到工作人员的电话，我已上了火车，听说江总书记询问，我想立即下车，赶往会议中心开座谈会。可火车不买账，没给我任何机会便启动，让我手把车门干瞪眼，又一次错过了历史的瞬间。

也是在上海长征医院，让我记忆犹新的还有一件事，那就是学唱《小草》。这首歌，是南京军区创作的话剧《芳草心》的主题歌。1984 年底，一个上海战友看过话剧，打电话同我叙述了剧情，说里面的主人公跟我的经历相似，也是战场受伤，也是双目失明，不同的是他获得了爱情，我光棍一条。来长征医院后，朋友将《小草》的录音放给我听，我熟悉了两遍，第二天便在报告结束时演唱，全场欢声雷动。

1985年9月我离开长征医院，参加国家宣传部和总政治部联合组织的全国宣讲团，前来的英模人物划作几个分团。我们这个分团，奔赴湖南、湖北、广西、广东。出发前，选出我们分团代表整个报告团，在人民大会堂向首都军民做场报告。报告时间2个小时，其中还包括中央领导人讲话，这么短的时间，的确紧张。我们分团除了工作人员和领队，有5名英模，每名英模分配时间20分钟，一分钟都不能超。这样一来，《小草》就有剔除的危险，围绕着唱不唱《小草》产生分歧。有人赞同唱，有人不赞同，赞同的说小草有顽强的生命力，适合我当战场上的勇士，做生活中强者的主题；反对的人说小草不是果木，反映不出时代的主旋律。我坚决要求把《小草》纳入我的演讲内容，哪怕砍掉其他部分，我也愿意。组织者听了我的试讲，不仅尊重我的意见，没砍《小草》，反将我的演讲时间延长一倍。做报告那天，人民大会堂座无虚席。这是我第一次在大会堂做汇报，中央电视台现场直播，我显得有些紧张，不过很快融进内容。几分钟后，也就不再口干舌燥腿抽筋。演讲结束，我捏了一把汗，问战友怎样，战友略微激动："太好了，十分钟后便有人流泪了，随后掏手绢擦眼泪的人越来越多，到了后来，大家都热泪滚滚，没带手绢的都用手背擦。一句话，感人至深、激人奋进。"小草百折不挠，有着旺盛的生命力，我将旺盛生命力的小草，首次带进人民大会堂，自然要问唱得怎么样。战友说，唱得很有原野气息。晚上，电视台重播我的演讲，我听了听我自唱的《小草》，唱得投入、动情。隔了两天，朋友告诉我，中央电视台和中央人民广播电台《每周一歌》栏目正播放我唱的《小草》，一个星期播完，应观众、听众强烈要求，电台和一些地方电视台又在重播。从此，《小草》跟着我，不管讲不讲演，只要有舞台，我都在动情地唱。一时间《小草》风靡城市、乡村，成了我的代名词，走到哪儿，都有人叫我"小草"。至今，提我的名字，许多人都已淡漠，但一说唱《小草》的那个，立即唤醒人们当年的记忆。

不断的巡回演讲，不断的座谈、提问。有的提问我对答如流，遇上我不太熟悉的，我灵机一动，几句过渡的语言，将话题拉到我熟悉的生活和工作中。尽管如此，这种策略瞒得了别人，瞒不了自己。我深深地感觉到，作为一个演讲者，不仅要有深刻的认识，还要有丰富的经验和学问。做报告的间隙，我请人买来书籍读给我听，书听多了，我渐渐懂得：时代是历史组成的部分，历史是由一个个时代构成的画卷。人的组合构成了时代，没有人的组合就没有时代的风采，没有人的画卷，留不下完整的印痕，历史也会变得空白。没有痕迹的历史，要么是阶段性的空白，要么是这个民族已经消亡。至于空白是什么原因所致，那是另一回事。我只想说，一旦历史有空白，那么何谈弃糟粕取精华，何谈成败得失、经验教训，又何谈精神传承和发扬？我这样说，并非针对谁，只是历史需要我们培养一种眼光，去鉴别、去尊重历史。这种囊括历史条件，穿越历史背景，正视历史事实的眼光，就叫历史眼光。

不是吗？你看那几根"孔雀毛"，是怎么看待历史人物的。他们把岳飞看成阻碍历史进程的绊脚石，反把秦桧看成统一大业的功臣，把江姐当甫志高的情人调笑，这种行为的确不敢恭维。他们倒是沽名钓誉、哗众取宠，赚足眼球扬名立万去了，留下的却是思想结构的混乱与坍塌，这些人除了私利，你能说他们全都别有用心？其实多数的还是缺乏历史眼光，只知站在现在的角度指责古人，为什么不用飞机、大炮，不去想那时有先进武器吗？这样的思维，怎能不出现错位？所以我们要用历史的眼光看待过去，用发展的眼光看待现在，用科学的眼光看待未来，有了这三种眼光，我们的社会才会和谐发展。

讲课、座谈和举行报告会，也需要这种眼光。没有这种眼光，你讲的主题得不到升华，内容也会出现偏差。如何修桥、铺路，铺的不是弯路、斜路、死路，这是一个值得研究的问题。我在巡回演讲的过程中，就很注意吸收、借鉴，不断丰富和发展所讲的主题和内涵，使原有的内容发生根本变化。从单一的战斗故事，发展到面对机关单位、学校企业，各有特点或有侧重，生动活泼、相得益彰的演讲内容与表现。

又一次到首都演讲，是应北京工艺美术品总公司邀请，由我们部队组成报告团于1986年1月上旬赶赴北京，那时我还在广东参加全国巡回演讲。报告会结束，我乘机赶往北京跟报告团会合。原计划20天的北京之行，因报告会的成功，引发持续效应，主办单位由工美公司变成北京市委，这样一来，我们只好留在北京过年。这次活动，我结识了我的爱人，并参加了春节联欢晚会和元宵晚会。

回到昆明，我立即请假回老家去看我母亲。她因病危，叫人给我发了电报，我将她安顿到医院住下，陪护了一个星期，又返回部队，赶往西北四省讲演。

那是一个敢于牺牲、勇于奉献的年代，英雄辈出，也是个崇拜英雄而不是崇拜强人的时代。每到一处，唱响的都是人生壮美、慷慨悲歌。

山西是革命老区，我们部队就诞生在那儿。1937年抗日战争爆发，以山西为主导的爱国志士、进步青年，组建成了山西青年决死队，这就是我部的前身。报告团所经之地，群众情绪高涨、自发迎接，有的市县倾城出动，沿途的人群排出两三公里。不光山西如此，其他地方也一样，报告团走到哪里，哪里就刮起旋风，有时不得不增加场次，增加场次也满足不了听众需求，只有把报告团成员分成两三人一组。我不止在一个组，这组讲完跑下一组，这个单位讲完跑下个单位。每天要讲三四场，还要腾出时间参与领导接见和记者采访，参与群众联欢、座谈。整天下来累得筋疲力尽，常常是坐在车上一会儿便已睡着。换一个城市接着讲、接着累，接着刮起旋风，处处焕发爱国热情，处处都是学英雄见行动的热潮，那种盛况可称空前。

我走过的地方北至草原，南至边陲，东至海上舰队，西至最高哨所。行程多少公里自己并不知道，只知山路、水路、柏油路我都走过。除东三省和港澳台，其余省市都已走遍。每场最少听众十多人，最多的一场13万人。在我创造的全国几个第一中，最有意义的"第一"是演讲超过2800场次，这不仅是一个数据，更是献给听众的一块块垫脚石、铺路砖。

持续的演讲，唤起极大热情，不少朋友给我来函来信。仅1984年到1986年，我收到的书信就有万余封。最多的一天，我收到176封信，这是同一学校的师生写的。如此多的信，我无法回复，只有分发给战友，请他们代我处理，战友代表不了的，留给我演讲回来处理。每次我从外地回来，房间里的信都成箱成捆，我只有再次分类，有急有缓，慢慢回信。这种现象延续到大学毕业，直到在北京安家，还有部分信件从部队陆续转来。

面对这些信件，我认真"阅读"后，总会心潮起伏，尤其是那些正遭受生活挫折，以及残疾人的信件，更让我坐立不安。这些人依靠家庭生存，却渴望自强自立。但往往由于各种原因，陷入生活沼泽，有的缺乏信心，更多的却是没有专业技能。比如盲人，有的连盲文都无法掌握，怎么去学习技术，建立自己的生存平台？

透过一段段语言，我看到的是一颗颗泪迹斑斑的心，听到的是一声声发自心灵深处的呼唤，只能花点钱买学习用具给他们寄去。次数多了，对我也是一种负担，我并不富裕，母亲治病，弟弟上学，我自己还有孩子需要抚养。妻子说："你自己都借住地下室，居无定所，还管这些事情？这又不是部队下达命令，何苦把自己弄得这样糟。""这不是狼不狼狈、苦不苦的问题，而是拉一把、扶一步的事，我节俭一些、家人苦一点，有可能给人寄去的就是希望，就是一段旅程、一条路。"朋友也觉得我管闲事太多，善举不能没有，但要量力而行，力不从心，会把自己拖垮。我觉得朋友说的都对，但每当想起那些弱势群体、身处逆境的人，忍不住又想为他们做点事情。妻子见我痴心不改，生气地叫嚷，为平息争端，我将信拿给她看。她把信扔到一边，过不多时又把信捡起悄悄地瞅上几眼，再瞅上几眼，也长吁短叹地对信中人的遭遇深表同情，于是我就乘机将她拉进支持的阵营，默默地给我代笔写信，默默地到邮局寄东西。

北京崇文区（现为东城区）有位 16 岁的小姑娘，不幸患了骨癌。得知自己得了不治之症，小姑娘整日哭闹，怎么也不肯接受治疗。在万般无奈的情况下，家人写信向我求援。我当即给小姑娘写了一封如何看待生命的信，并随信给她寄去一本我的诗集。不久，我叫上爱人乘车去到她家，走进她的天地。当听完我对悲欢离合的看法，小姑娘感动得流下眼泪，次日，勇敢地走进了治疗室。半年后，小姑娘一条腿、一只手被截肢，跟我通电话时，已经能够正确看待不幸，对家人不再哭闹，反而用乐观的态度安慰家人。直到离开人世前，她都很坚强，留给别人的是她的歌声和笑语。临去世前，小姑娘用一分钱的纸币，精心制作了一个菠萝、一只虾送给了我："谢谢叔叔，让我短暂的生命有了意义。"

江西有位姓伍的伤残军人，从部队转业后分到公司医务室卖药。由于胸部受伤，每天盯着窗口卖药吃不消，他被调到厂办工作。没想到，公司新任领导上任不久，便安排自己的小舅子抵了他的工作。他不服，跟领导吵了起来，这下激怒了对方，对方指着他的鼻子骂道："像你这种废物，最好死在战场算了，我们厂被你拖累不起。"他写信向有关部门申诉、求援，但发出的信件却石沉大海。由于悲愤交加，他想到了用自杀的方式一了百了。就在举瓶准备服毒时，他突然想到一个熟悉的名字：史光柱，于是眼睛里闪现出希望的光芒。

收到他的求援信，我边回信安慰，边给有关部门反映情况。经过努力，这位战残人员被安排了新的工作，补发了工资。他在信中动情地说："为了这份难得的人间真情，我一定要好好活下去，并且干出个样子来，绝不让别人瞧不起。"

武汉有位姓曾的朋友，患了类风湿性脊柱关节炎，站着躺不下去，躺下不借外力就无法站起，严重影响活动能力。为了生存，整天和街上的混混泡在一起，父亲见他屡教不改，跳江自尽。他从看守所放出来后，发誓痛改前非以告亡灵，他四下寻找工作，一找就是数月。就在他四处碰壁，想重新回到混混们当中时，他听一个残疾朋友讲起我的故事。他几经辗转找到我，我既帮他找不到工作，又解决不了他的生存问题。但跟我相处的半个月中，我发现他对事物的理解感觉敏锐，建议他先学写作，等待机会另谋良策，并将他引荐给著名作家史铁生。回到武汉，他练习写作，几年后成了小有名气的作家。看着从小得小儿麻痹、在地上爬来爬去的妹妹，他想让从未直立行走过的妹妹到医院治疗。可手中积攒的钱不够，短短两周，他发出去了 240 多封信。一晃 3 个月过去，寄出去的信杳无音信，当收到我跟妻子寄去的 500 元钱时，他捧着汇款单失声痛哭。后来，他在回信中这样写道：这钱很少，少得他对人间咬牙切齿；这钱也很多，多得让他放弃邪念。这不是钱，而是他重新走向人生的阶梯……

　　以上几人的经历，只是我参与社会工作的一些片段，没有报酬，没人下令一定要那样做，但我自认值得。关爱那些需要帮助的人，不一定都要金钱投入，如果那样，找社会福利、慈善机构就行，他们不会找我。20 年来，直接、间接得到我帮助的人就有 1900 多人次，这些人中有的现在已成为作家、国家干部，有的已是国营、民营企业的管理人员，甚至有的已发家致富、腰缠万贯，而我还是一副墨镜、一杯茶，生活得勤俭而又朴素。

　　我为什么这样热衷他们的事情，这是许多人想问的事。有人说我是在捞政治资本，也有人说我嫉贤妒能，喜欢跟没本事的人打交道。这两种说法纯属笑谈，很简单，如果我嫉贤妒能，为何喜爱点滴积蓄、千沟汇集；如果我想捞政治资本，为何不在 20 年前捞，偏在鲜花掌声远离之后，才想捞一把？可见此种论调，在我这儿没市场，原封退还。我为何热衷帮助弱势群体，那是因为我经历过贫穷与苦难，有过挫折感、遗弃感，在我孤立无助的童年，我多想有双温暖的手，擦干我的眼泪，抚摸着我的头，告诉我如何面对。然而，我的泪是自己擦的，路是自己走的，擦来走去，也就擦懂了春夏秋冬，走明白了人间正道。如今，当他们需要帮助，我怎能不全力以赴，伸出援助之手？

既然是人间正道，就要有人间正道的目标和动能，目标何定？动能何来？每每回信，我都会涉及相关课题，帮他们解决生存环境和心灵生态环境。演讲座谈是给人提供认识他人、认识自我、互动交流、解决问题的一种有效途径，写作和做报告也是这一途径的延伸。水有延伸为远大，山有延伸才纵横，人有延伸才有生活的广度、深度和高度，也只有志存远大，心怀高远的人，才会有思维的跨越，能力的提升。除了演讲和写作，我还参与抗洪抢险、抗震救灾，参与光缆施工、电站施工，参与希望工程、心灵重建等社会活动。有的我虽不在现场，却投入了热情，以我的方式，默默地做着我能做的事，甚至动员社会力量，参与家乡建设和其他贫困山区的文化扶贫。

一路走来，我始终认为一个人生命阳光，才会给人阳光；心明亮，才会给人光明。桥之所以为桥，就是在别人认为难走、无法走的地段，穿越了、撑起来了；就是俯下身来，把脊梁交给别人，把心胸交给天地，把沟坎揽于身下，把道路纳入心中。

2009 年 9 月，由中宣部、组织部、总政治部等国家 11 个部委举办的"新中国成立 60 周年双百评选"，我光荣入选感动中国人物。与其说是我感动中国，不如说是中国的觉醒和民族的复兴感动了我。没有部队培养，没有党和人民的厚爱，就没有现在的我，感谢医生、护士、老师、同学和亲友的帮助、支持，是他们的不离不弃，给了我重生、重塑人生的机会。英雄来源于人民，最终还得回到人民之中去，只有在人民大众之中，才能找到自己的位置，才有我的追求和动力。人生从零到零，从没有到没有，重要的在于过程，是否为国家、为社会、为他人、为家庭做了点什么，留下点什么，如果做了、创造了，哪怕是不起眼的小事，我也觉得有意义。

2009 年 10 月 17 日在北京

散文

高原拜

西藏的神奇不是一句话能说完的，那里是最接近太阳的地方，空气因而清香，那里是与天地对话的地方，心灵因而歌唱，那里是与灵魂互动的地方，纯净因而透明。初到拉萨，仰视是你的第一神情，拜倒是你无法回避的动作。

弯腰鞠躬在我国礼仪史上叫作行大礼。拜君王，拜长辈，婚丧嫁娶拜天地、拜亡灵。古代从人到神，从地到天，无不渗透着行大礼的影子。现代生活的今天，这一礼节已不多见。然而到了西藏你非得行这大礼，不想拜也得拜，身不由己，由不得你。倒不是为了迎合宗教的要求，而是到了山峦重叠的高原，海拔太高有缺氧现象，有人便把四肢无力弯腰呕吐叫作高原拜。

由于身体素质的差别，不同的人到西藏有不同的反应。初到高原，到一定海拔出现头疼、眼花、耳鸣、行走困难纯属正常，有的腿酸手软身体无力，有的心慌意乱睡不着觉，有的胸口憋闷、头痛恶心发低烧，有的更严重，因缺氧引发其他病症。一般来说，生活在低海拔地区的人，氧气充足，没有抗缺氧能力的锤炼，到了青藏高原得有个适应过程。据科学检测，人在 3500 米的高山，心脏负荷相当于身背 30 公斤的重物。拉萨海拔 3700 多米，猛然到了这个环境自然会有一些身体不正常反应。有经验的人知道初到拉萨活动量不宜大，慢就是快，快了就等于慢，只要把握好节奏就可以避免"高原拜"。

妻子不懂急性高原病，她不懂得人在高原，身体为适应因海拔而造成的气压差、含氧量少、空气干燥等变化，会产生自然的生理反应。她不信这种现象殃及自身，也就不信我所说的面对天地群山的高原拜。从机场到西藏军区政治部招待所，一路上，她按捺不住高原激起的新奇感觉，有说有笑大放异彩，时而望天长叹，时而目山悦欢。我已喉头发胀，胸口轻微憋闷，她却一身轻松，全没有一点初到高原的不适。看我有缺氧反应她幸灾乐祸，说我活该，多次叫我戒烟而我言行不一，损坏了身体。不时用她眼里的经幡挑动我的注意力，不就是建筑吗，有何大惊小怪的，谈起藏式建筑我比她熟知。

藏式传统建筑有着独特、优美的建筑形式与风格，不像招待所钢筋水泥结构单一，藏式建筑古朴典雅。或依岸而垒，或依山而建，顺山势地势走向与雪域高原壮丽的自然景观浑然一体，给人以神奇、粗犷之美感。墙体也不一样，招待所墙体厚度不如藏式房屋墙体厚；承重的方式也不同，藏式建筑采用的是收分墙体和柱网结构。由于自然和历史等条件限制，藏式传统建筑使用的木梁较短，在两个木梁接口下面用一个斗拱，再用柱子支起斗拱，连续使用几个柱拱梁构架，形成了柱网结构。这种结构扩大了建筑空间，增强了建筑物的稳定性，最大限度地抵御风霜雨寒，强化建筑美。妻子不懂这些，她见我胸闷气短，说起建筑依旧侃侃而谈，觉得我虚张声势，明明有高原反应，还装作若无其事。

高原反应不是伪装能掩饰的。我出生在云南，那儿海拔有2000多米，从小生长在高原，自然适应高海拔。不像生活在平原地区的人，进了西藏缺氧反应强烈。中午吃饭时，我们后一趟班机到达拉萨的总政歌剧团演出队，有两名女演员一下飞机就浑身痉挛，原本当地部队领导前去迎接，致辞献花，好不热闹。不承想，花还没送，欢迎词只讲了几句，两位歌星已晕倒在地，弄得欢迎仪式成了急救场，领导只好草草了事，将两人送进医院。妻子听说这件事后朝我头一歪："怎么样，我的体质不比你们文艺兵差吧！"她得意扬扬，回到住处又洗衣服又跟孩子玩牌。我劝告她："高山教训人远远比我教训儿子严厉得多。"她不听警告，反不耐烦地说我当初受伤时一定输了个小脚老太太的血，要不然不会那么婆婆妈妈，唠叨个没完。

偏头痛是妻子的老毛病，每次头痛都由我给她按摩，这次她头痛，我的按摩却失灵了，不得已只能求助药品。止疼片无效，加大药量也没减轻她的疼痛。她躺在床上早没了刚到拉萨时的神气，不断地说她的头快炸了，让我给她想想办法。"该防病时不防，让去医院不去，我能有什么办法？"我对她十分不满，回到沙发上专心听我的电视。她边埋怨我残酷边翻身下床冲进卫生间来了第一次"高原拜"。这一拜拜上了瘾，一下午她拜了十几次。

　　晚饭时我想请创作室的人扶我去饭堂，她非要逞能不愿麻烦别人，回来后她脸如白纸，说话都没了底气。蹦蹦跳跳的儿子大概受之传染，喊了几声难受也跑入卫生间，加入"高原拜"。顿时，卫生间传来一大一小的呕吐声。医生来了，儿子听说要打针吓得直哭，他趴在我腿上，针头刚扎进肌肉便朝我的大腿狠咬一口。这小子咬人还挺疼，他说咬着我能治"高原拜"。

散文

那曲草原

一、山口内外

　　进藏一次难得，我多次要求到藏北边防看看，因路况等原因，部队见我双目失明、行动不便，顾虑重重。几经周折，政治部终于批准我到哨所深入生活。那曲草原西高东低，位于唐古拉山脉和念青唐古拉山脉之间，占地面积40多万平方公里。中西部地形辽阔平坦，多丘陵、盆地，湖泊星罗棋布，河流纵横其间，在那里有着美丽富饶而又充满生机的世界。

　　离开拉萨，车子在青藏线上行驶，路边稀稀拉拉的藏式房子躲在树后或是裸露在河岸和青稞地间，房前屋后的水波和青稞穗扭扭捏捏连成一片。石头垒砌的房屋挑着吉祥的经幡，穿着鲜艳服装的藏族妇女正蹲在地上把拾来的牛粪和好，抹贴在墙上，让充足的阳光烤晒，以做一年的燃料。被太阳烤晒的牛粪变成一个个糊在墙上的贴饼子。有的人家把晒干的牛粪叠在一起码在围墙上，日复一日，围墙便堆满一摞一摞的干牛粪饼子。

　　顺着视线，坑洼不平的山坡斜斜地贴向山梁，山峦缓慢地爬向远方。零零落落的房屋随着视线以十倍或更大的比例越缩越小，隐没在薄纱一样朦胧的山中。几十公里后我们来到一个叫羊八井的地方，这里曾是部队的蔬菜基地。当年毛主席在天安门城楼，从前来参加国庆观礼的西藏部队代表手中接过的扎着红绸的"萝卜王"就是在这里生长的。这里还有温泉，富含多种矿物质，既能饮用又能治皮肤病。可能那重达20斤的"萝卜王"就是因为浇了这泉水，才如此肥壮。我饶有兴趣地听着罗干事讲的萝卜引出的大生产话题。多少年过去了，那些当年引进菜种精心培育，费尽心血才获得成功的官兵，如今身在何处，生活怎样，还会不会经常到他们青春流淌的地方看看？

　　一段盘山绕行，海拔已从3700米逐渐到了4500米。沟崖七零八落地斜架着、伫立着，每座山的顶端都像光秃秃滚圆的和尚脑袋。山石被岁月磨光了棱角，一个个与世无争，相处融洽，偶有张牙舞爪的神态，那也是伤痕累累，被山脉捆绑着。"这是唐古拉山吗？""这是念青唐古拉山，翻过山口就是辽阔的大草原了，你就可以看到'天苍苍野茫茫，风吹草低见牛羊'的景象！"随我们一同到藏北的昆明某报女记者小尹，跟负责我们的罗干事聊着天。她30出头，长发秀脸，爱说爱笑。我们在拉萨相遇，此次进藏她专门收集藏族的风土人情，到藏北是她最后一站。她心情迫切地从一上车就跃跃欲试，惦记着辽阔的草原、蓝天白云，她的言谈闪烁着激情。我的思路被她调动起来，不由自主地哼起："蓝蓝的天上白云飘，白云下面马儿跑……"一首歌勾起大家放歌的欲望，于是《草原之夜》、《牧羊曲》、《从草原来到天安门广场》，一首首跟草地有联系的歌被我们鸡、鸭、鹅式的嗓音抖搂出来，溅向四周。翻过4700米的山口，路边的山峰左右分流，拖着粗壮的线条扬长而去，被扔下的矮矮的土丘长满茸茸的绿草。羊群撒在里面，见我们驶来，有的从草空隙间诡秘地伸出脑袋四下张望，有的嚼着甜甜的青草，有的低着头扭动着肥胖的屁股。一个牧羊女蹲在地上，一手摆弄着鲜艳的花朵，一手牵着吃着草的黄马，溪水从她身边潺潺流过。

小溪、羊群、牧羊女构成的风景抓住了人们的视线，小尹把头伸出车窗外，眼光像被人攥住不愿回头。我妻子也将脑袋伸出另一边的车窗，过了好一阵才转回头来，默然不动，几分钟后说："太有趣了！"这是只有西藏才有的味道！洁净的空间、清澈入骨的流水，还有哪座城市有这清纯的甜滋滋的景致？

顺着垂下的公路，我们已从高处滑进了4300米的平坦草地，生气昂扬的土丘也长高了，腼腆地远离公路站在百米和千米之外。好蓝的天呀，蓝瓦瓦的，含着金沙，细腻得像被打磨过似的照着大地。白云点点，一尘不染，舒展着身段。山夸张地坐着，侧卧着，顶端黄色，往下是浅黄色、深绿色、灰色、红色、白色散落其中，又色色相映，山山相辉。黄色的是土，浅黄色的是舔草（一种紧贴地面的茸茸的草），浅绿色的是地面长的架草，深绿色的是蒿草和矮棵灌木；鹅黄、红色是石头裸出了地面；白色是盖房撬石时磨碎的石粉。地貌有凸有凹，阳光通过淡青色的空气洒在上面，有明有暗。配上蓝天白云做背景，一切都若隐若现，若即若离。

我们的车拐下公路，通过草地来到一座大家在远处赞叹不绝的山下，兴奋地下了车，发现除了黄土、石头就是草和稀疏的矮棵植物，迷人的景致全不见了。真奇怪，远处美丽诱人，近处只是稀疏的野草和黄土。难怪有人说，距离才是美，这话有些道理。

二、草原上

蓝天清新高远，薄薄的仿佛金属薄片，轻轻一碰就能弹出悦耳的旋律。草原空旷无边，铺向遥远，我们的车子无所顾忌地在笔直的路上奔驰。路边偶有牧群和牧人居住的帐篷，不到草原真不懂什么叫万里无云。

不身临其境，真不知天只剩下金色与湛蓝，金色深处略带灰色的地面矗立着一座小城，那是去那曲分区的必经之地——当雄县。小城不大，没有城市应有的高层建筑和摊点稠密的街道。然而，跑青藏线的司机和到草地赏景的游客都要在这里吃饭或过夜。一到夏季，进藏的游客有不少要来藏北，特别是外宾，或租车或自带帐篷骑自行车而来。他们既是来看飘忽的光闪夺目的草原景色，更主要的是被草原明珠西藏第一大湖——纳木错所吸引。

纳木错离当雄有四五十公里，没通公路，却是一条旅游热线。一段崎岖险阻的便道可供胆大的国旅和私营车司机通过。

再往景色深处，只能乘坐马车，如果恋恋不舍只能弃马车骑自行车或步行。游客不远万里从四面八方汇集到那里为的是看那烟波浩渺的湖水，辽阔的湖面荡着被船推起的、被风拉出的一股股散开的弧线。鱼在深水游动，清清楚楚，身姿悠闲。湖边万年不化的冰峰雪山，细腻地覆盖住山体的棱角。晚上，无数颗溅着光芒的星星朝着人们神秘地眨着眼；白天，碧蓝碧蓝的长空白云悠闲，湖天一色。整个世界空前透明，仿佛视野能穿透千山万水，如入仙境。要是人的肢体分解后还能复原，我一定将一部分扔在水面，一部分抛向云中，再将一部分撒在雪山，让它们过滤几遍，再一一归回本位，回归后的感觉定会神清气爽、心旷神怡。

我遇到几个尼泊尔、法国、美国的青年，他们骑着自行车以漫游的方式从纳木错观赏回来，在草地宿营。那几个蓝眼睛、高鼻子的小伙和金发女郎谈起纳木错和藏北草原风景如同谈论他们的童年时光。一个法国女郎用生硬的中国话说："西藏的天、湖、云是世界风景老大！"虽然他们在纳木错待了一个星期，但还没看够。要不是想去珠穆朗玛峰，他们还要待上几天，明年他们打算还来。

离开他们的时候已是中午两点，我们有了饥饿感，这才在当雄找了家川菜馆。在这里，在这家海拔 4000 米的饭馆里，我们吃到了纯正的酸菜炒肉。这一下子胃口大开，我们几个人的食欲全被调动了起来。如狼是朋友，似虎是我，如狼似虎的我们吃了一盘又要一盘，彻彻底底体会了一把草原狼、高山虎的迅猛。

从当雄出来，我们又驶进了茫茫大草原。两三辆车宽的国道在草原上显得格外狭窄，随着视野越来越细，直到路沿两条线交会于一点指向天际。由于含着土岗、沟岔的草原不时有舒缓的、不能觉察的坡度，我们的车子顺着草原仰角的坡度切向蓝天。正沉醉于扑朔迷离间，车子已来到仰角的顶端，顿时无边无际的草原又生动地呈现在眼前。天蓝得铮亮，远山浮着流云，天际隐隐约约地抛出根细微的虚线，一个针尖大小的褐色小点出现在路上，渐渐的那小点儿越来越大，依稀可辨是辆汽车。再近点，可认定那是辆卡车，随后清楚地看到卡车上装满了物资，与我们擦肩而过。一切都隐隐约约，远处的土岗由小变大，近处的沟岔一闪即过。车子不断地在变换仰角和俯角，我们的感觉也由天上不断回到一望无际的草原。

突然，车上人们的视线被草地上的一种黑鸟吸引。"那是什么？"我妻子问。"是乌鸦。"前座上的罗干事带着司空见惯的口吻回答。"乌鸦哪有这么大？""会不会是秃鹰什么的？"妻子疑惑地自语。直到罗干事反复强调那就是乌鸦，妻子和记者小尹才将信将疑停止猜测。我的脑海里闪现着企鹅的形象，这会不会是南极的企鹅跑到藏北草原来了？听到罗干事那专家式的鉴定，这才问道："有成年鸡那么大？""有，毛色又黑又亮，黑绸缎似的。大的母鸡那么大，一只够三五个人一顿的呢！"

如鸡的乌鸦追着车子飞行，车速快它快，车速慢它慢。刚开始几只乌鸦追随，随后，一群乌鸦追随。二十多分钟后，记者小尹掐断她的歌声，附在我爱人的耳边嘀咕着什么。原来，她们想找厕所，附近没有村庄，司机停车，说大好的时光哪儿能被尿憋死。于是，众人下车，就地解决，男的在车一边，女的在另一边。乌鸦在头顶盘旋鸣叫，见女士蹲在地上，迅速俯冲落到地面，落在远处碎步跑向两位女士，近处的瞪大眼睛、歪着脑袋，寻找觅食的机会。两位女士怕被乌鸦啄伤，急忙结束蹲地动作，叽叽喳喳议论着跑上车。

我听说乌鸦胆大，憨态可爱，随口开玩笑："乌鸦也敢耍流氓，趁机窥探女人隐私。"众人哄堂大笑，罗干事边笑边提醒，在别的地方千万别说这话，要是让藏族群众听到会闹出事来。我不解地问为何，他说："乌鸦是神鹰，在藏族同胞的眼里，乌鸦不是鸟，而是神的化身。"

土岗那边传来铃铛的声音，一群羊顺着土岗朝水塘跑来。儿子高兴得跳起来："爸爸，羊群，还有牧羊女。"牧羊女是姐妹俩，大的八九岁，小的六七岁，姐妹俩不懂汉语，叫她俩跟我们照相，让罗干事当翻译。姐姐胆大些，拉过躲在身后的妹妹跟我儿子照了相。照片的背景是水塘、饮水的羊群和蓝天白云。

我们离开胆怯而又好奇的牧羊女，车子往前驶了一段路程，见一个藏族老乡在草原上骑着匹白马放牧，一大群牦牛有二十几头。"牦牛可是个宝，皮可用，肉可食，毛还是织布纺线的好原料。"罗干事向我们介绍着牦牛，一起朝放牧的藏族群众走去。我跟放牧的老汉攀谈起来，还是由罗干事当翻译。

他有五个孩子，三男两女都已成家立业。这些牛是他跟小儿子的，其他孩子也有自己的牛群。他五岁起就跟父亲放牧，九岁开始便独领牛群，没上过学。他们平常吃的是牛肉，穿的是牛皮，家里需要用钱就卖上头牛。娶媳妇不花钱，看中谁就拿几头牛当彩礼，许多人都是这样换来的，包括他的两个儿媳。小儿子是自由恋爱没让他操心。这十多年国家改革开放，有牛群、羊群的人家多了，有的几头、十几头，有的几十头、上百头。要是嫌累、嫌麻烦不想要了，可全部卖掉，卖来的钱放进皮套存在家中，尤其是距城远的牧民更没有将钱存进银行的习惯。近几年也有到银行存钱的了，主要是怕放在家里不安全。他们家没买彩电和其他电器，只有一部录音机和一台黑白电视，是儿媳买的。他不喜爱那些玩意儿，叽里呱啦的吵得人心烦。他唯一的嗜好是喝酒，顿顿喝，喝完后牧起牛来也带劲。如今家业兴旺，这辈子他认为值了。

离开健谈的牧牛人，我们又上了路，每到一个高点都能领略"会当凌绝顶，一览众山小"的气势。太阳西斜，密密的细线洒在土岗上、水塘里、沟壑和荒漠上，不见乌云，天空下起了冰雹。以前我只是见过太阳雨，没见过晴天也会下冰雹。一个个珍珠似的雪球画着银线从空中筛下，落在地面的阳光怕被砸碎似的躲躲闪闪。草原的天空还是那么高远，丝毫没改变大自然蔚蓝的瓦状结构。我漫无目的地琢磨着冰雹，琢磨着放牧老人的话，他喜欢喝酒，放牧带劲。儿子和儿媳喜欢看电视，喜欢拿着自制的奶制品进城，边玩边卖。两代人挺有意思，草原也挺有意思，宽阔的地方，只有人家和牧群。陡险之处，高山之巅才有军营。我收回思绪，询问罗干事，他说哨所离主干道还有十几公里。

散文

五首歌的意图

一、《与祖国共奋进》

这是我作词作曲的一首旋律激昂、激人奋进的命运题材作品，背景——变革时代，主题内涵——振兴祖国，一种伟大的抱负。没有坚定的信念、必胜的信心如何完成？复兴中国，吹响了时代的号角，也把亿万人的命运和华夏走向，紧密联系在一起。

这首歌有两个重点词，一是祖国，二是奋进，理解奋进的含义，也就理解了奋发图强的祖国。

祖国不是空洞抽象的概念，它是血液，是支点，是赖以生存、祖祖辈辈难以割舍的地方；是川流不息，一代又一代大展宏图、建功立业的创业园。既然今天的祖国是 13 亿的希望与梦想，是 960 万平方公里的繁荣与安宁，我们没有理由置身事外，做民族复兴的旁观者。我们参与其中，艰苦卓绝，献身壮丽事业；我们经历其中，感受着世事变迁、时代变化。

一路走来，我们意气风发，风雨同舟，跟祖国同呼吸共命运；一路走来，我们豪情满怀，亲身见证和参与千滴雨万滴露的事业；一路走来，我们挥手告别过去，带着坚定的信念迎接和拥抱新的时代。在广阔的空间，拓展我们每天的精彩。正因如此，作者才会发出"同林、同辉"，"我们的名字叫色彩、步伐叫豪迈"等感言。也正因如此，音乐表现采用进行曲，用合唱的方式，表现奋斗者开拓进取的群体形象，传达个人的声音，表述相互协作中的人生价值和个性。

创作过程中，我力求艺术性和思想性的有机协调、高度统一，把自然之美、人文之美和社会之美融入其中。运用远景、近景、特写等蒙太奇式的表达形式，把众志成城的氛围与祖国共奋进的决心，刻画得淋漓尽致，读后撼动人心，听后催人奋进。

二、《青春木棉》

青春，一段多思多虑、多颜色多枝头的年龄，是为了想要，为了赢得，不顾一切去追求、去染色、去增彩的火红年华。

木棉，又名攀枝花，亚热带植物，春来，叶还没长花已盛开，人们看它富有个性和血性，便赋予它青春的象征，称英雄树、动情花。

一群追梦的青年，为了心目中的木棉，从不同地方离开家乡，来到边陲扎根军营。营区外的山沟一半青松一半木棉，冬去春来木棉花开，似火似霞，红透山谷。每当野外训练或者外出执勤，他们都会走进沟谷，有花看花无花看树，看花是看血性绽放，看树是品满怀豪情。一个北方战士，在木棉树下，不止一次说过，等他退伍，想把南方的木棉移栽家乡。然而，在一次边境战斗中，他还未来得及把木棉施种北方，便倒在红土之下。

倒下的带着木棉的记忆，永远驻守在漫长的边防线；活下来的怀着对木棉的憧憬先后离开部队，奔赴新的岗位。然而不管走多远，见不见面、生活过得如何，一提起过去，便会想到木棉，一提起木棉便会想起火热场面、青春年华，于是那群不顾一切，为祖国和平安宁抛头颅洒热血的青年，有了自己的心中树——青春木棉。

多年后，他们从四面八方重新会聚在一起，心潮起伏、思绪万千；多年后，我再一次走出边关陵园，在不是鲜花烂漫的季节写下"一次次握手，不一定都见面，我知道你就在山中，那片白云没走远，春风记得你我栽种的木棉，一山山早已成为我们的代言……"这就是《青春木棉》的歌词。

《青春木棉》塑造了团队精神，表现了一群人甚至几代人为了共同的理想追求，以苦为乐、无私奉献的精神面貌；更体现了为共同理想而奋斗的人们所结成的热烈、深沉、真挚的友谊。共同的理想把很多素不相识的人联系在一起，我们因此并不感到孤单。在通往理想的道路上，我们有很多人相伴而行，留下很多美好的回忆。这种感情跨越了时空，铸就了永恒。这首歌意境深邃，格调高远，通过激情岁月，深深刻画了无悔担当与忘我的情怀。

歌词在文学手法上托物言志，在表现手法上，运用一种"藏头露尾式的情感表达方法"，产生了"沉静处见深情"的作用，收到了"淡极始知花更艳"的艺术效果。

歌词敦厚质朴、情真意切、发人深省，旋律清新自然、节奏轻快，给人一往无前的美好向往。

三、《我是军人》

谈起军人，要说的话题很多，无论是本土还是他国，一些有关军人的故事，都贯穿人类的悲喜剧。然而，中国军人是什么样的军人，他的本质是什么？这是我所关注的。要反映他的本质，展现他的形象，无疑要追踪人民解放军的宗旨，一个从小到大、从弱到强，无论解放战争还是抗日战争，无论是建设家园还是捍卫祖国和平环境，都取得卓越功勋的军队。没有祖国和人民高于一切的使命，不可能完成各个时期的历史任务。

这样的军队和军人，要通过短短的歌词，展现出他的风采，没有充分的归纳、高度的凝练，不可能写得出来。所以，从一开始，我便从军人的职业入手，"军人啊军人，从军的荣称，钢风劲气熔铸一生"。之后层层推进，通过"天地的忠魂，铜墙铁壁"展现人民军队本质。

特殊的环境，产生特殊的职业，特殊的职业履行特殊的使命，把刚毅当灵魂不都是中国军人，但把牺牲当本分的，肯定是中国军人，这就是《我是军人》所展现的主题内涵和艺术魅力。

我通过比拟、比喻的方式，将风雷、风云等事物纳入视野，意在展现军人的意义和价值，并通过化石成金、一往情深的叙述，告诉人们，军人存在的价值不是为了战争，而是为了和平。

音乐表现也有独到之处，一般的军歌突出的是豪迈与雄壮，而这首歌，展现的是真情，突出的是爱恋，整个旋律一改军歌传统的行进方式，而是深情婉转、情景交融。

情景交融揭示的是人民军队爱人民的本色，情理交融则展现的是人民卫士对祖国、对人民的深沉爱恋，所以才有"舍己振军威，忘我壮国魂，哪里需要哪里上，赤胆又忠诚"的崇高境界。

四、《我有一个家》

有爱的家庭大多相似，不爱的家庭各有不同，不论同与不同，家都是触得到的起点，望得到的终点。

不同人对家有不同的概念，有人说家是港湾、乐园，是歇脚树、承重墙。是港湾的，有早晚停靠，是乐园的，有岁月追逐。无论哪种，都取决于环境的塑造，视角的不同。

家是什么？家是亲情、爱情、乡情、友情的发源地，是给予，是呵护，是担待，是真诚相处，真心相对的融合。有责任感的人，家是一副重担，挑不动也得挑，无责任感的人，家是旅馆，是取款机。被束缚的人想着解脱、出走，不被束缚的视为出气筒、游乐场、隐私地、专属区、婚姻桥头堡。不管你有没有主见，都有你的身影，你的喜怒哀乐，不管是不是轴心，你都要为它去奔、为它去忙、为它一天一天连轴转。

我出生在偏僻农村，几堵土坯墙几排楼杆撒上瓦便可遮挡风寒，尽管一贫如洗，穷得叮当响，但并没有穷尽快乐，阻止成长。相反，那种缺吃少穿、节衣缩食的环境，给了我优秀的品质和坚强的性格。我知道房中是家，家中有人为我含辛茹苦，所以我懂得努力的方向，我知道有人忍饥挨饿，所以我要拿回去、捎回去，拿来拿去，拿去拿来，我读懂这是情。拿前拿后，拿左拿右，不是每次出门都能拿得着、取得到，我开始从这条河走到那条河，从那座山返回这座山，我注意到我的活动区域在一定范围内，于是一个词跳进脑海——方圆，当方圆跟家连在一起，我脑子里也就有了家园的概念。

《我有一个家》下笔之前，我也只把精力纳入养育情。仔细想想，并不那么简单，那些供我拿来捎去的一草一木、日月辉光，不一样灌注了爱吗？爱是什么，爱就是给予与付出，而付出、给予来自生命，生命的摇篮出自家园。这首歌的素材便来自爱的追寻、家园温暖，我撇开小家，直接切入大家，把人们置身于家庭之中，通过"三山五岳亲、生活春彩霞"将人们带进日新月异的变化，既展示了家与家庭成员之间血浓于水、血肉相连的关系，又展现了温暖和谐、团结友爱、共同拼搏的精神状态。

自古以来，这类作品要么家国不分，要么家国难离，作者也不例外，站在传统表现手法的角度，将对祖国的强烈热爱与对家的柔情和谐地统一在一起。如果仅仅这样，此歌没有特别之处，就在人们以为这又是一首家国难分的作品，作者笔锋一转切入历史和人文的层面，加大了家的氛围，使不同的人，有了文化的含义。不管身处何处，只要是中华儿女，哪怕远隔千山万水，都有心灵归属感。

此歌充满爱国主义精神，旋律清新自然、激昂向上，歌词简洁生动，具有历史的厚重，同时又通俗易懂。整首歌主题明确、思路清晰，从一开始作者便站在历史和文化的高度，审视中华民族的精神家园，通过拟人、排比等手法，凸显家的魅力和艺术张力，有力地烘托了家的温暖、祥和，和谐与发展的气氛，字里行间激情四射，透着民族自豪感，有很强的凝聚力、感染力。

五、《迎春》

任何季节，都跟气候学有关，掀开白雪皑皑、打破冰天雪地仍是气候。春天来了，沿着沟壑、顺着河滩，掀开冰层露出了清凌凌的笑容；春天来了，草叶萌动，草尖儿带着心动冲破地皮。

穿上棉袄，围起围脖，喷着哈气的不是春天；表情呆板、肌肉僵硬，走路都伴着小心的不是春天。春天来了，屋落燕语、藤竖青耳，杏花舞动斗艳的流光，将潮湿的心情悄悄打开，红润的笑意嫁接于春天。在晴空下，在风雨里，在人们热情的渴望里，仪态万方、直白率真的青春灵性地张扬。

我带着春的倾向，跟迎春花一起，接过没开的火炬；我站在冬尾的山坡，摸着蓬蒿，跟野茅草一起乍暖还寒。我走进春的一端，万物更新，沉默的土地按捺不住压抑的情怀，迸发出巨大的能量，到处生机勃勃、春意盎然。

改革开放也是春天，我参与和目睹了改革开放以来的建设，意动情动，写下"冰封日月在，春去春又来，春江水暖鸭先知，鲜花为你开，春从何处来，斗转星移来，家家户户喜洋洋，张灯又结

彩"，无论是春从苦寒来，还是斗转星移来，我都从欣欣向荣领悟了
迎春的主题。面对春来巨变所激起的热情和产生的极大活力，我们
没有理由不欢欣雀跃、张灯结彩，更没有理由在伟大的变革时代不
登程、登台，到广阔的天地出色、出彩。

这是春的咏叹调，也是祖国的欢乐颂。作品思想内容丰富、生
动，除了描写大自然的春归和社会的春暖，还有对自然、对祖国的
一腔挚爱。

这首歌欢乐祥和，歌词质朴简洁，亲切感人，它是一种情感的
自然流露，代表了人民发自肺腑的心声。通过采用朴素的语言和真
诚的声音表达了对美好生活的追求，以及对利民政策的支持，让人
们身临其境，感受到进取奋斗、振奋人心所带来的翻天覆地的变化。

歌曲中所包含的思想内容是多方面的，其中就有不畏艰辛、乐
观向上的思想，歌曲除了通过旋律表达这种思想内容之外，更由歌
词传递一种社会文化。通过一颗赤子之心，讴歌人民对祖国真挚的
爱，抒发出对整个大自然、整个社会的美好事物的赞颂。如同在严
寒过后的初春的清晨，推开卧室的窗户，看到一个生机盎然、淡泊
清透的世界，一切都是那样的清新、亮丽，可其中的韵味却很厚实，
耐人寻味；不仅唤起人民对国家、对人类，对世界上一切美好事物
和现实人生的理想追求，同时也将人们带进光明的天地，冬去春来，
万物变化发展，从一个转折到另外一个转折，从旧事物的消亡到新
事物的新生。

此歌歌词朗朗上口，包含人生哲理，旋律简洁明快、悦耳动听，
犹如推门出室，清新飒爽，令人耳目一新。

散文

我在路上等你

——大爱万里行的由来

"天会坍塌？""不会，从造物主制造万物，山川灵秀、日月辉光，便跟天地同在。""天真的不会塌吗?""嗯，应该不会吧，不过，听说一个叫什么娲的，是个女娃，补过天，既然补过，天应该塌过。""以后呢?""以后……一个小孩子，你问这些干吗？"这是很久以前，阿拉伯故事的年代，外婆给我讲的女娲补天。她不知那是神话，当发生的真事讲给我听，我坐在河边，外婆蹲在石头上洗衣服。我看着深远的天空胡思乱想，担心有朝一日悬在当空的太阳会突然掉下来。

太阳会不会跟着塌陷的天掉下来，那是天体物理学家的事。不，确切地说，是他们需要研究的问题，至于我们，天会不会塌陷，有兴趣，去追踪能量耗尽原理。

我没经历过天塌，但经历过地陷。头次经历是在童年，正值"文化大革命"，我父亲因说真话，被人认为恶毒攻击伟大领袖，被错打成现行反革命分子，那次山崩地裂，让全家卷进灾难。父亲被严刑逼供，殴打致残；母亲陪批陪斗，遭非人折磨；外婆对抄家提出质疑，被砸断手骨；姐姐 16 岁被迫出嫁，哥哥 12 岁被逼退学；我因年幼，不是专政对象，顶多被踢一脚、扇一耳光。然而，这不是哪家人的事，十年浩劫多少人在时代的坍塌中，被砸得筋断骨折，就连那些擎天博玉柱、架海紫金梁，不也惨遭横祸，被无形的泥石流推倒推翻、连根拔起？

二次地陷，是边境保卫战，我跟我的战友在战争的泥石流面前，不畏艰险，纷纷亮出肩膀，涌现多少惊天地、泣鬼神的事例和人物。提起那慷慨悲歌，有两个人不能不说。一个叫张大全，贵州金沙人，任副连长六个年头，跟他一起入伍的战友，有的提拔重用，有的转业到新的岗位。他勤勤恳恳，部队提拔任用时未被提升。既然提不起来，何不早做打算，转业回乡，边工作边建设小家庭。不料，遇上自卫反击战，战场上他身先士卒，大腿负伤没下火线，手肘打断没下火线，肚子炸开、肠子耷拉出来也不下火线，而是将肠子塞回腹中，盘肠战斗，直到生命最后一刻。他牺牲了，留下的，是为解决家庭困难借贷的 1700 多元欠账单。

另一个战友，叫张兴武，河北保定人，都说"保定人，命中三，情人、驴肉加汉奸"，这话经不住推敲，张兴武的事迹足以证明，所谓的传说不是那么回事。这小子人长得精干，战场上也英勇善战、气度不凡。他是卫生员，救死扶伤，随身携带的全是药品、急救包，别看没带枪，哪道鬼门关都有他的身影。一个战友包扎好，他包扎另一个战友，自家连队的伤病员抢救完，他抢救其他连队的伤号，经他抢救的，有的立即投入战斗，不能投入战斗的，他连叮嘱带吆喝让担架队跟他一起，将伤员一次次送到山脚的急救所。他穿越陡险，往返在阵地，把自己的生死置之度外，先后抢救六十多位伤员，我就是他从血雨腥风、山崩地裂中抢救下来的战友。弄得到现在，一提起他我鼻洼鬓角透着感激，当年，他有千种理由不去救我，或者把我扔在半途，他不仅没那样做，还在生死关头抢救了几名俘虏。

张兴武救死扶伤是大爱之人，张大全舍己为国也是大义之士，不同的是，张大全战后被军委授予战斗英雄，张兴武因立功授奖名额有限，只荣立二等功。无论功与不功，受没受称号，他们都是危难时舍身为国、舍己为人的大写之人。

不是说大爱无疆吗？既然无疆，这些为疆界、为版图而奉献一切的人，算不算大爱之人？不但算，他们本身就是。虽说大爱无疆，但祖国有疆，你有疆。要保证大爱无疆通畅无阻，没有维护和捍卫，哪能实现理想？又怎能不被曲解走样，成为居心叵测者的隐身衣、伪装网？

爱是什么？爱是心灵呼唤、情感寄托，它存在于人心，超越于时空，它是一种关切，关心一个人一个群体乃至整个世界的吉凶祸福、喜怒哀乐；更是一种奉献，一种给予，哪怕这种给予带有私利，只要建立在付出之上，也属于人人为我、我为人人的大爱系列。何况张大全、张兴武这样的人，为的是960万平方公里的和平安宁。他们的行为不是大爱之举，什么才是？像这样的慈行善举，在那次山崩地裂中比比皆是。由于种种原因，他们的付出跟着那段历史远去了，被人遗忘了。被人遗忘的故事，没人提、没人问，你无从了解也无法把握。还是说点你熟悉的近几年发生的事，汶川大地震经历过吗？没经历过也听说过吧。

2008年5月12日，又一次没有硝烟的山崩地裂闯进千家万户，刹那间，房子倒塌、公路断裂。突如其来的大地震让我们猝不及防，我们关注着灾情变化的同时，也真切地体会着生命的脆弱。几分钟前你还家财万贯，儿孙满堂，活蹦乱跳享受着生活的美好，转眼间，荡然无存、化为乌有。灾区，人们从恐惧中，满身血污地站起，来不及庆幸劫后余生，便在废墟里、瓦砾下自救互救。灾区之外，被牵动的人们，也从心惊肉跳中恢复平静，行动起来。谁都不知明天还会发生什么，但谁都明白，这个时候最需要的就是行动。老人在行动，钻进摇摇欲坠的屋梁抢救小孩；小孩在行动，钻进斜挂的水泥墙去拽同伴；熟悉的人在行动，一双双手抠出鲜血；陌生人在行动，冒着余震穿梭在工厂、学校。尽管命运难测，但人们面对灾难的顽强毅力令人敬佩。

我既痛心而又深感鼓舞，痛心的是一个个鲜活的生命戛然而止，死亡数据节节攀升。令人鼓舞的是，从自卫反击战之后，我再没看到这种广泛的参与。汶川地震时，那是什么样的社会背景？那是除了经济便是金钱，炒作完这个星，又炒作那个款，类似尊严、气节这些词，被冷冻、被抛弃，连仁爱、忠义都很少提及。在这种状况下，发生大地震，原以为抗震救灾又是有关部门汇聚能量，不承想亿万人自告奋勇，众志成城。人们打破阶层之分，小孩拿出压岁钱，老人拿出退休金，沿街乞讨的叫花子，将数月积攒装进麻袋，汇入红十字会。于是我们看见忠义荟萃、爱心汇聚；看见废墟上不眠不休抢在时间前拯救生命的身影；看见重灾区掘开坍塌山体的抢险者；从几千米高空奋然跳伞的官兵……灾难面前，中华民族表现出空前的亲和力、凝聚力。

2013 年 3 月的一天，大爱网和几家社会团体举办活动，网站主编山川找到我邀请我担任总指导。谈话间他请我为这次活动写首歌，歌名就按这次活动的名称"大爱环宇行"，大爱环宇。大爱环宇环哪儿去了？不会环绕到银河系之外吧？不好好在人间活动，偏要围绕宇宙行，不知真是为失学儿童筹备资金，还是放卫星发射什么火箭。山川走后，我的思绪跟着春风缭绕，一会儿想到战争的泥石流，一会儿想到大地震。想起保家卫国的战友，便想起他们的家属，想起家属，便想起小孩的抚养费、老人的赡养款。

李峰田，四川人，1984 年入伍，战斗中牺牲，父亲去世后，母亲孤苦伶仃，无依无靠。刘小聪，贵州人，父亲去世后，80 岁的老母靠救济为生。赵战英，云南昭通人，牺牲后母亲一直想去边关小城麻栗坡烈士陵园扫墓。她家住山区，家境贫寒，从年头盼到年尾指望攒足车费去祭奠儿子。一年一年，每到清明，她便坐在田间地头为攒不足路费哭泣，直到二十多年后，在儿子战友的多方努力下才凑足路费。烈士陵园，母亲痛断肝肠，那哭声撕扯人心。也许你会说，这是个别现象。没错，跟 13 亿人相比，为国捐躯的英烈毕竟是少数，从这个角度看，是个别现象。不是说，随着社会进步，英烈家属的抚恤金和战残人员的伤残抚恤金大幅度提高了吗？没错，这些年是大幅度提高了。不过，要看原来的抚恤金是多少，就因原来的基数低，看起来大幅度提高，其实也少。就说护理费，原本是用来发放特残人的，既然是发放特残人，护理费就该提高。本身一二级残疾人已丧失生活自理能力。每月只给所在城市平均工资的一半，这点钱如何去请护理人员？不信你瞪大眼睛，摸着良心去了解。这些家属本身已有丧亲之痛，又添生活之忧，能不饱受苦痛，几近煎熬？

你看过报纸，不也跟大家一样转述，有个女孩陷进青春期困惑，几经挫折，在又一次失恋后，生出轻生的念头。就在她爬到楼顶跳楼自杀之际，她想到了她一直崇拜的某名牌专家，想亲自从对方那儿得到内心所需的公正。随之专家说忙，不但不来，还挂了电话，结果少女跳楼，一朵鲜花凋零。另一件事也是你告诉我的，有对夫妇，外出旅行，坐车途中遇上几个流氓，其中一个看妻子长得漂亮，硬把丈夫从座位上拎起推到一边。坐下的流氓色胆包天，看妻子胆怯，当着满车的乘客叫来同伙轮奸了此人。前者，如果专家有点慈悲心，应对方的要求当场见见面，给困惑女孩找几点活下来的理由，女孩不至于抱着绝望香消玉殒。后者，我们在痛恨流氓、谴责丈夫的同时，不禁要问，那么多的人在同一车上，见此恶事，竟无人吭声，难道伸出爱的手就这么难吗？当然，这亦不是爱心相助那么简单了，还需要勇气、担当和正义感。

想到这些，我有了歌的标题——"大爱万里行"。回到房间，我叫来护理人员，请他打开电脑，写下我想写的歌词："伸出爱的手，荒原变绿洲，南来北往我寻求。大爱万里行，穿山过海沟，付出是一种拥有。走进帆期待，走进桥坚守，我更渴望爱常有。看看你身前，看看我身后，多少感动在心头……啪。""啪"不是歌词，而是春风太急，将敞开的窗子反打回来。摆在窗台上的花瓶插着未开的山茶，随着窗子的撞击被砸碎在地。春风不饶人，搅乱我春心，紧要关头，斩断我的思绪。收拾完花瓶的碎片，我急不可耐，催着春风继续写道："伸出手，抓住我仅有，让你一次心甜透。茫茫苍宇间，爱需要联手，忙碌不是拒绝的理由。伸出手，抓住我所有，让你一生暖个够，大手拉大手，大手牵小手，一路相伴到永久。"

　　歌词写完，我请朋友谱曲，但朋友的思路不被我认可。他认为，表现大爱的作品，要波涛汹涌，气势澎湃，而我坚持认为，词中的含义着重点不只在大爱，还有万里行。既然是万里，就有路遥遥、任重而道远的意思。没有参与和接力的真情实感，表达不完整万里行的意义。于是，我亲自谱曲。朋友听了，点头带笑，说有点创新意识，带有情歌之味。万里行的大爱，要的就是动心，真情铸地，大爱撑天。你想爱才美，你美丽才爱，透着童真与美好，本身就是爱的追求。

　　词曲完毕，我将《大爱万里行》交给山川，自己回到老家，照看病危的母亲。一个月后，山川给我发了制作小样，我听了听，演唱者不在状态。又过一月，我从老家回京，不得不否定做好的小样，重新录制。尚未录好，四川雅安发生大地震，灾情就是命令，我立即跟音乐制作人加班加点忙碌。录了一版，又录一版，一版是青年歌手田宝、冯辛梦唱的，另一版是著名歌唱家于乃久、曹小军演唱的。不久召开了新闻发布会，伴随着发布会还有雅安地震一帮一救助。三个月后，一个朋友打来电话，说《大爱万里行》持续升温，不少地方举办大爱活动都围绕着万里行开展。活动名称不是大爱从这儿出发，从那儿出发，便是到这座城市，到那个省份。我深感欣慰，爱从不同地点出发，并非今天才有，有人类痕迹之时，便凝聚四方，踩出同一走向。代表的人物不只释迦牟尼，不只耶稣，还有女娲，还有孔子、老子这些肉眼凡胎的圣人。多少天地祥瑞、人间精华都在其中，不分年龄，不分地位高低，在这条路上，我一直在等你。许多人，像我一样，边走边等你。彷徨什么，赶快上路，难道真要白发苍苍、缺牙半齿、讲话不兜风的时候，你才琢磨什么叫爱？

评论

比光芒更明亮

中国诗歌学会副会长兼秘书长，原《诗刊》社常务副主编

李小雨

　　那场战争距今已经整整三十年了，三十年的硝烟渐远，三十年的记忆犹存。三十年是一个人生命中最美好的时光，甚至就是精华的全部，它的发生、它的经历、它的不可磨灭的印记，都曾因瞬间而改变，而在更辽阔的历史长河中，瞬间即可为永恒。

　　史光柱就是一位曾经参加过自卫反击战而身负重伤的战斗英雄，更是一位优秀的军旅诗人。《史光柱诗选》是作者三十年诗歌创作的

结集精选。在这近百首诗中，真实记录了军旅、战争和士兵生涯。其中，既有他对战争的刻骨铭心的记忆，他的大爱大恨，又有对生活的理解和诗意的发现，对自然与爱情的追求和赞美，抒发了诗人的热情、梦想、忧郁、痛苦、希望和欢乐，这是一本三十年情感的点滴汇聚，也是一个历尽磨难的坚强战士真实的心路历程。

当代军旅诗的创作，长久以来，随国防形势、军队建设、士兵成长的不同历程或澎湃高涨，或起伏平缓，但始终没有停滞。而一个诗人的价值，就是能否在诗中展示自己独特的发现，不雷同、不概念，为当代诗歌留下新的启示。史光柱的诗，就是在众多军旅诗中，展现了其较为独特的诗性魅力和自觉的追求。

首先，他在诗中坚持了历史的回顾和思考。他带领我们重温形形色色的战斗场面，他并不拘泥于再现客观场景而是要重塑人的形象，将亲历者的情感融入沉重饱满的战争画卷。他的诗有很大一部分诞生在炮火硝烟中，其中充满了生命的痛感、悲壮和英勇，更有着自己对战争的独立的感悟："阴阳相克的两极/维纳斯与魔鬼的对弈/是死亡游戏/死亡来临的时候/红舌头一卷一缩，一缩一伸/……最耐不住寂寞的是枪口/最不安分的是心/最痛苦的是眼睁睁/无力救、也无法救/最浅的是伤口/最深的也是伤口/比伤口深的不是井/不是海，不是苍穹/而是血泊中回望的最后一眼"（《阵地》），这是多么震撼人心的诗的概括！战友回望的"最后一眼"，是比大海和天空更深的生死两相望，是无法想象的濒临死亡前的最后的眷顾，是全部嘱托和未尽的情感。所以，写士兵的英雄主义，除了描述战斗场面，更深刻的便是写出人生命中的疼痛，常人未曾体验过的灵魂的抽动。请看史光柱在失去双眼后所写：

"我真想/睁开眼睛看看现状/看看我落在/地球上的眼珠/究竟变成草尖的露珠/还是两粒孤独的石子/……我留在黑暗里/尽管我想/看看我的玫瑰屋/玫瑰人是什么样子"(《活着，但请记住》)。

这样的诗句灼热、滚烫、结晶，使人看到像眼珠一样的诗歌晶体在滚动着。被战火夺去双目，他虽然陷入黑暗，但他的心和日出的脉搏一样跳动。只要心里有光，一切都是光。

他向太阳呼喊着："给我一束光吧，太阳/阴雨天多了/要把五脏六腑/掏出来晒晒/这是脉跳的需要"(《活着，但请记住》)。

失去光明才知道光明比玫瑰比自由更可贵，萤火虫和向日葵的道路多么高贵。

"蹲在地上、揉着创口/方才领悟/你的名字叫疼/……人啊/走过才知/……生门、死门/……自己的疼处自己揉/沿着来路边走、边喊/仿佛狼嚎的回声"(《寻声》)，他甚至再也无法看到自己的"目光碎在哪儿/面对面的遭遇之地/都辨认不出"，这里的战后只剩"宁静的肉体"，战争已成为"光和影/生和死/人、橄榄树、灵魂/弹药和军犬/只有战火分不清/这是网"(《活着，但请记住》)，这鲜血和痛苦凝成的诗句，被战火灼烤，这是献出生命和肉体的真实的呐喊，这是承担和命运。面对战争的残酷和无数史光柱们的献身，这样凝练、沉重的诗句怎能不让人心动怦怦？

闪电将一个殷红的烟头/按在大海碧绿的胸脯/疼痛使它遍体久久颤动/在急骤的惊恐中/扩散的烟雾/夹杂着一种异常的腥气(《战争》)。

这首充满痛感的短诗，不仅语言洗练，而且还有战士对战争的思考、默察。诗歌首先是将作者自己震动，然后才能感染读者，就像蚌不疼痛哪来的珍珠呢？

对个人打的是死结/对国家却有一线希望/它留下那些残缺的躯体/兑现日月星光(《硝烟》)，这样的诗句一针见血，伤感而又刚烈、坚硬，不乏光的热度。

这些诗，极具个性，它是属于史光柱自己的，却又有着典型的意义。只有亲身经历过战斗，才能拥有如此丰富的细节，生动而让人身临其境："在淡淡的坑道口/有一缕纤细的兰花/……它纤细地放在坑道口/放出沙漠勃勃的绚丽/像一只捻不死的蝴蝶/沐浴阵地/战士弯弯的足迹"(《兰花，蓝色的情丝》)，"喝吧，用钢盔作为壮行的酒杯"(《干杯》)，"正因我热恋生活的多彩/我才乐于忍受猫耳洞的潮湿/坑道的幽暗"(《我恋》)，"载满阳光的军车/驶进门口/几辆插着茶花/几辆插着兰草/几辆什么也没有……"(《营门口》)，这些细节形象、生动地展现出当年战场上曾经经历过的日日夜夜。成功的诗歌意象，不仅仅被外伤的血染红，而更重要的是内在的、与诗人发生精神性的联系。如果一个意象，被一种精神之血染红，那么诗歌就成功了。

其次，他的诗能够站在今天回望历史，从充满人性的角度，重塑和思考当年的战争，表现出一个战士诗人对生命的尊重和内心涌动的大爱："走进焦土/一只婴儿的小鞋/被剥尽叶子的枝高高挑起/仿佛寒光闪闪的刺刀/挑着一枚小小的头颅……"(《合上这组悲哀的镜头》)，"有一双僵硬的胳膊/冰凉地搂着/一对冻僵的白鸽/这尊塑像/像伟岸的泰山/矗立在我面前/我陪着我哭泣的心/用颤抖的手/点燃一根'中华'/衔在他的嘴上/弥补他十八岁的遗憾"(《塑像》)，"有一只鸽子/突然在荒村中断歌唱/有一棵橄榄/悄悄从春天哭醒/有一件往事/是我终身跋涉的原因"(《祭奠》),"风啊/你轻轻地吼/……不要把弥漫的硝烟/纷扬的尘土/带往宁馨的小楼/远方有双期待的目光/已等我很久很久……"(《风啊》),在这些抒写与战争相连的日常生活的诗中,由于有了对孩子、对战友、对爱人、对自然、对故乡的悲悯、关爱而使诗歌有了温度,注入鲜血。追求战后的平静生活、蓝天和白云,在紧张激烈的诗行中透出温暖和明亮,让生命归于和平与安宁,还灵魂以自由和轻松,这是士兵心存的大爱,对祖国土地人民的广博的爱。在血与火的战争面前,作者并不缺少水一样澎湃的柔情,诗人的手一只握着枪,另一只则弹着六弦琴。枪管里射出的是激情,而不是死亡。战斗的最终目的是为了丰收和歌唱:"南疆的炮火中/我看到一双卫士的手/硝烟里,化作呼啸的利剑/……我也有一双手/春天,轻轻拨动绿色的琴弦/秋日,紧紧揽住金色的丰收"(《手》),"小片小片叶子/散发小片小片忧伤/小颗小颗果儿/摆动小颗小颗惆怅/小只小只鸟儿/轻唤小朵小朵阳光"(《心上的橄榄树》),多么轻盈美丽,心上长出橄榄树,橄榄树扎入诗人的心田,那里有鸟儿和阳光,也有片片忧伤。这样的橄榄树就与诗人有了精神上的无间。它不再是表象的,而是内心的植物,象征着和平在诗人的心头滋长,永不凋谢。这颗心是童心的、是民谣的、是动人的、是美好的。心生万物,心生光,只要心在,万物皆生长。寸草报得三春晖,寸草之爱也是人间大爱。

最后,使史光柱的诗超越了一般性的战斗诗篇而更加扩展、深入的,还在于作者能够站在今天全球化的大视野下,怀着广阔的胸襟,对战争进行深刻的反思以及对个人与战争之间的关系做准确表述,在诗意化的概括和提炼中,更具有现代精神。

战争与和平从来是人类的两大主题。由战争带来的诗歌在唐诗中达到顶峰。边塞军旅诗闪耀夺目，到了中期以后连白居易这样的诗人都写出《长恨歌》，杜甫的"诗史"更是战争的产物。传承古代诗歌"诗言志"的传统，虽然史光柱已双目失明，但他的心始终牵挂着这喧嚣的"一个世界的扭曲的压缩/一段历史的扭曲的填改"，他知道战争是"美和钢铁相撞/重病的地球和一只/惊恐的翠鸟的对话"，于是，他这样写道："这是斗牛式的屠宰场/他们是屠夫/也是挨宰的对象/我们是豺狼/也是羔羊/那个十七岁的小山东/在穿越生死线时哭了/但他没有退却"（《穿越》）。

对于战争性质的剖析，使我们从惯常的军旅诗上升到哲学和政治的意味、局部战争与永久和平的意味，捍卫祖国与追求世界的公平与正义的统一，使"小战士在穿越生死线时哭了/但没有退怯"，这种真实大胆的写法，更体现出士兵的崇高、清醒与坚定。"高尚与卑劣同在/救助与劫杀并存/拼杀与争斗，是/一个问题两种表述"（《生活 衣服》），这个世界"所有人都在人兽转换/生死突围……""夜色是地球的影子/黑暗是人类的反面"，而今天"那个季节/似乎什么都没有发生/成了杂草丛生的现代史"，"墓碑/如同戳在大地的绣花针/针刺穿什么/野草和蜘蛛网/比我清楚"。随着时间的流逝，这种淡忘，对用生命换取我们今天安宁生活的人来说是多么的不公和轻易，墓碑下的野草和蛛网是重走焦土地后令诗人心痛的泪水，史光柱不回避人的劣根性，但作为决心用身体填补战争裂痕和缝补疆土的士兵，他对于仍蜿蜒在地球上爬行的蟒蛇般的硝烟"厌恶它、诅咒它/却从不忽视它的力量"（《硝烟》），"我已陷进终身的黑夜/命运关闭了我的双眼/我却用心去追寻光明/……从蚂蟥的嘴里/……

争抢着灵肉/投入生命的重建/……从那时起/我拖着残缺的身躯/用倾斜的人生/求证生命的不等式/用硝烟熏烤的肢体/努力做着/没有硝烟弥漫的事情"(《穿越》),这需要站在人类的高峰,用开阔的胸襟和坚强的意志关注:"和平!/只有和平/才是民族最深沉的大爱/最慷慨的大义"(《硝烟》),没有爱的战争是魔鬼的战争,没有箪食壶浆的战争也是不义之战,而怀揣爱,为民族为祖国为土地之爱去英勇献身的民族将是不可战胜的,中华民族是这样的民族。懂得爱、超越战争、积极乐观,是使士兵生命重生的阳光。爱从不灭的希望中开始。读史光柱的诗,在今天我国面临严峻的国际形势、加强部队建设、提高全民族精神素质的关键时刻,是多么必要!

战争就像暴风雨不能终朝,美好的人生就是完成一次次涅槃,生活大踏步走来。《生活 衣服》这首诗充满智慧的思辨,现实与回忆的时空交织在一起,形象的比喻修辞和整体象征手法的运用,使整首诗意味无穷。它表现的是作者一贯的主题:"阵地也是补丁/补的是死亡还是和平。"在战争中黄河就是竖起的墓碑,在和平时代黄河就是平淌的乳汁。到处是睁开或闭上的眼睛。"刚懂事时,我问妈妈/村庄有眼睛吗/有,是井/山崖有眼睛吗/有,是长长的裂缝/我眨眨眼睛,又问妈妈/天,真的有眼睛吗/有,它哭的时候……"(《眼睛》)因此橄榄树也有眼睛,枪管也有眼睛,他的心也长成一双明亮的眼睛。"生死的指间/流出遥远的秋波/是一片浅绿的海洋/海洋上托着一对遥望的眼睛……"(《战壕生活》),眼睛复活了,它闪着永远的、最明亮真挚的光芒。

2014 年 4 月并纪念老山战役三十周年

评论

留存在记忆中的悲壮和
飞舞在想象中的绚丽

——读《史光柱诗选》

中国诗歌协会副会长　程步涛

迄今整整三十年了，1984 年 5 月中旬，云南边境老山一战十多天后，我和沈阳军区创作室王中才主任从前线回到昆明，住下来第一件事就是去昆明军区总医院看望某团收复老山时负伤的同志，史光柱自然也在其列。记得我们站在病床前，眼部缠着绷带的史光柱伸出手来和我们握手，我们转达了团长、政委对他的问候。医生进来说，要给史光柱换药，我们遂告别。那天阳光很好，天空蓝得如一湖碧水，走出医院，我和中才眯起眼看天，良久，我对中才说，他再也看不见了。中才重复了一句，看不见了。

收复老山后，近十年的边境轮战，涌现出众多的英雄人物，史光柱是这英雄人物中杰出的一位，他先是荣立了一等功，而后，被中央军委授予战斗英雄称号。

一次，某团的领导来京，我问起史光柱，答曰，他去深圳大学上学去了。接着，便见到报端关于史光柱上大学的报道；再接着，在报刊上看到他的诗作；往后，史光柱从深圳大学毕业了；再往后，史光柱的诗集接连出版……

史光柱成为社会知名人物，对他来说，是当之无愧的，他是全国自强模范，100 位新中国成立以来感动中国人物，先后受到邓小平、江泽民、胡锦涛、习近平等国家几代领导人的接见。

史光柱在他的人生道路上顽强地跋涉着，伴随他脚步的有阳光、有友谊、有爱情……还有诗歌，在某种意义上，诗歌与他的心灵联系得最紧密，史光柱爱诗，诗与他的生命已经不能分离。

20 世纪 90 年代中期，他在一位战士的搀扶下，走进了我的办公室，他把他新出版的一本诗集递到我手里。那天，我和他没有谈诗，只是问他的身体情况，问在北京生活是否习惯。送走史光柱后，我郑重地翻开了他那还散发着油墨香气的诗集。

那部诗集我是一口气看完的，合上诗集后，我认真端详那诗集的封面，那上面的一抹红色竟然在我眼前腾起，像火，像霞，像浸染着南疆土地的那一片热血。我对自己说，史光柱是用生命写诗。

又一次见史光柱，是在他的一部诗集的研讨会上。参加研讨会的有诗人，有诗歌评论者，更多的却是他的崇拜者，用现在的话就是粉丝了。轮到粉丝们发言时，研讨会气氛简直沸腾了。史光柱端坐在会议桌一端，带着从他康复后在公共场合便没有再摘下来的宽边墨镜，不管发言有多么热情，面容一直十分平静。只是在他被搀到前面轮流和与会者合影，大家一起喊着"茄子"时，脸上才流露出他那惯常的浅浅的微笑。

啊！一个崇拜英雄的时代。

与史光柱最近的一次见面是两年前，2012 年 4 月，老山作战 28 周年之际，时任成都军区副参谋长、老山作战时任某团团长政委的刘永新和黄宏，把某团在京的同志请到了一起。因为我当年是作为参战人员跟随他们团一起行动的，也被叫到现场。那次相聚，刘永新说了一段让人什么时候想起来都会心热的话。刘永新说，还有两年他就要退休了，他已经与黄政委说好，一起去完成老山作战后许下的心愿，走访在老山作战中牺牲的同志的家庭、亲人。刘永新说这话时，眼睛是湿的。我的心跳突然加快，眼睛也热了起来。我看了看史光柱，见他把脸仰了许久，我知道，他是不想让眼泪从他那已经变成一汪深湖的眼窝里溢出来。

该说说《史光柱诗选》这部诗集了。

对于史光柱来说，诗是他心灵里燃烧的火，是他胸膛间流淌的河。

收在这个集子里的诗作，是史光柱诗作的选粹。其中有一些诗后面标注的写作时间是 1985 年，内容是战地生活的所思所感。我想，这些诗应该是他最早摸索着在稿纸上写下的诗行。这些诗作现在看来略显幼稚，有着那个时期诗歌的明显特征：铿锵，明亮，直白，真诚。触动人们的是，字里行间充斥着对硝烟烈火的感受，对战争残酷的认识，对牺牲奉献的自觉，这形成了他以后写诗的一个特点：悲壮。可以说，悲壮的格调贯穿了史光柱写诗的全程，直到现在。再就是对新生活的向往。除了对战地的回忆，史光柱的诗作更多的是对新生活的向往，在这些诗作里，他好像在故意使用色彩似的，把生活中的点点滴滴写得异彩纷呈。这些，都是他用想象描绘出来的，融合了他的希望和热忱。比起真实生活来，史光柱的描绘浓艳了许多。但这恰恰是史光柱诗歌创作的又一特点：用想象弥补视觉的缺欠。

记忆与想象成为史光柱诗歌创作的两大要素。

史光柱就这样在诗歌的原野上驰骋着，奔走着。失去了双眼，他调动其他的感官观察世界，感知生活。写海，他用嗅觉去感受海风；写山，他用听觉去触摸回声；描摹往事，他借助回忆；构思未来，他凭借想象。一句话，他用心去触摸和感受时代的变迁和生活的变化。而后，从感觉中，提炼出诗的意象和灵动。就这样，大学毕业后，他几乎走遍了祖国的山山水水——南方、北方，城市、乡村，他不仅去海南听涛，还去西藏听雪……在这千里万里的行程中，他依然是一名潇洒的战士，走到哪里，就把珠玑般的诗句洒到哪里，把对祖国、对生活的热爱洒到哪里，一组又一组诗作，就这样次第绽放着呈现在我们面前。

我曾与其他的部队诗人谈起史光柱。我说，史光柱失去了眼睛，却获得一对强劲的翅膀，这对翅膀叫想象。我还说，读史光柱的诗，需要多一条路径，这条路径也叫想象。想象他是怎样感受生活、认知生活的；想象他是怎样用诗歌建筑他的精神大厦的；想象他是怎样一点一点收拾存留在记忆中的碎片，再将这些碎片缝缀成美丽的图案的。史光柱是在凭记忆、想象，凭敏锐的感受、睿智的悟性写诗，因此，他付出的辛劳要比其他诗人多出十倍百倍。

史光柱的记忆是悲壮的，所以他的诗多写当年的阵地、壕堑，写飞迸的硝烟烈火，写铿锵的誓言与滚烫的鲜血。史光柱对新生活的向往是强烈的，所以他写群山、田野、街市上欢乐的笑声、姑娘们美丽的裙裾，无不斑斓绚丽。这悲壮和绚丽，在史光柱与光明告别的那一刻，就存储在他的记忆里，这些记忆是他诗歌创作的宝贵矿藏。只是，当史光柱把他的记忆和想象写成诗歌的时候，我们感受到的，已经不单单是五彩斑斓的生活，而是史光柱精神世界的丰富与纯粹。

比如，史光柱写战争的残酷："我从昏厥中醒来/世界被一劈两半/一半是黄昏之前/一半是日落之后/摸索许久/这才发现/我已陷进终身的黑夜"（《穿越》）；史光柱写青春与爱情："啊，姑娘/美丽善良的姑娘/你看/山与山正在角斗/水与水正在较量/这不是一个人的战斗/而是一代人的交响/我也是其中的一根琴弦/弹奏着同样的高亢/因而，我才离开/荷塘蜜语，花丛小巷/奔赴那血雨腥风的杀场"（《爱情的砝码》）。史光柱写对生与死的思考："今夜，死去的人活了/绷带裹满了残肢断臂/他们从星光中飘出来/从原野中凸起来/我们拥抱在一起/路还是路/不能替代/如同你不能替代我的生活/然后，听乡雨潇洒地歌唱/伐木歌和牧羊曲"（《太阳系年轻的子孙们》）；史光柱写对伤残的认识："不要问我/失去双泉/后不后悔/要追寻/就巡视黄山/黄土高原的皮肤/十亿中的一只鹰/只要血管/还奔腾着长江的波涛/只要心灵/还有烽火台的烙印"（《不要问我后不后悔》）。

有的诗虽然短小，却是在更高的层面上对人类命运的思辨："昨天/草木还在血腥争斗/今天/便已破镜重圆/这边、那边/山水相依/共揽一湾和睦/我抚摸界桩，如同/抚摸着亲手缝钉的针脚儿/昨天，今天，一字之差/却包括了多少内涵"（《生活 衣服》）。

当岁月如江河一般滔滔流过，史光柱的人生思考也上升到了哲学的意义："不要把自己当作金矿/幽寂地躲在深山/伫候勘探者的足音/金子固然能做成/宝光珠翠/可从来就是别人的饰物/还是做粒种子/哪里埋没/就在哪里倔强地站起/别有一番花果的甜美"（《还是做粒种子》）。他勇敢而且自信地唱道："我没有失去眼睛/我没有失去眼睛/ 在人生的道路上/我青春的脚步是不停的车轮/在生活的激流中/我双手牢牢擒住命运之神"（《我没有失去眼睛》）。

《史光柱诗选》是一部特殊的生命交响。

读史光柱的诗，不光是听一个英雄的歌唱，更多的是要思考，要掂量，思考自己的生命意义，掂量自己的人生价值。

2014 年 1 月 20 日

评论

失去了色彩，创造另一个精彩的世界

——读史光柱散文

中国散文协会名誉会长　王宗仁

　　完全是一种无意识的自觉。真的！我仿佛早就预料到史光柱有一篇散文写母亲。打开他的这部集子我一眼就盯住《母亲》，急不可待首先阅读。母亲那带血的脐带永远牢不可离地粘着儿女的心。不管你奔走得多么遥远，不管你命运遭遇到多大不幸，亦不管你头上罩着多少光环，伛偻着腰在麦田里拾拣麦穗卑微的母亲形象，在你心里永远无与伦比的高大。即使有一天她躺在棺材里，你在母亲的面前也得压低你高贵的头颅。因为她是母亲！对于史光柱，这位失去双眼我一直崇敬的完美英雄，母亲对他尤其重要。他割舍不下母亲对他的爱，母亲也难割舍对光柱的爱。有了对母亲的这份挚爱，光柱即便在人生长途上充满坎坷，他也无遗憾。读完《母亲》，我的记忆里就只留下了一句话："那次战争将善良的母亲卷进无底的深渊。"这是她心灵上的深渊，永远也医治不好的顽疾。其实儿子发生的不测，母亲从他踏上边境战场那一刻就有预感，她不再像过去那样儿子外出后关心天气预报，而是四处打听儿子的行踪。边境吃紧，她打听前线消息，在村里打听，到邻村打听，又到邻村的邻村打听。听到坏消息哭，听到好消息也哭。儿子负伤，她终于精神分裂。她住院了，将自己的病置之度外，却号哭着说儿子被坏人逮住杀死了。儿子坐在了她面前，告诉娘，我在这里。她却说怎么死去的人还会说话？母亲的精神确实太受刺激了！母亲操劳大半生，现在老了，不但没有让她安闲下来，还要受折磨。光柱深情万分地写道："比起那些轰轰烈烈事业有成的女性，我的妈妈平淡无奇，然而她矮小的身材却给了我矮矮的养育、矮矮的坚贞。她没有漂亮的身段，却给了我人生美好的线条。她从不打扮自己，却打扮了我们的人生。她给我种子，教我栽培；给我秋收，教我勤俭；给我意志，教我忍耐。让我认识苦难，又教我认识盼头。她像一束普通的阳光，明亮而又温暖，谦卑而又高尚，亮在我眼里，照在我的心头。"光柱把神圣的母爱作为这篇散文的着力点，感情上打动自己，也感染了读者，显示出了母爱的伟大力量。契诃夫17岁时在一封信中写下这样的话："在这个万分险恶的世界上，对我们来说，再也没有什么比母亲更宝贵的了。"母爱，在光柱失去双眼后的黑暗日子里，尤其宝贵。

　　光柱的散文中几乎每篇都有"我"。"我"融入了作者的生活经历，融入了他对生命的体验和生活的醒悟。有了"我"，他的文字声音宽厚，元气充沛，发出了一种令人耳目一新的声音。应该承认，生活中的每一个自我都是独一无二的，不会重复。有"我"的散文就有了个性，有了真情。在《回首看自己》里，我们听到了作者在负伤后、命运遭到巨大不幸时的无奈和挣扎。其实能感觉到这无奈并不是生命的坠息，这挣扎也是在追寻生命起飞的另外出口："上战场前我只想到死而未想到负伤，尤其没想到双目会被命运判处死刑……我肆无忌惮地哭。当然救不了自己，救不了自己也哭。我像被人咬了一口的苹果"；在《我属于年轻》里，我们感到光柱负伤后"一切断了我与光明的联系"后，依然不舍对明媚阳光的热爱和追逐："命运关闭了我的色彩，学习打开了我的另一扇窗口，透过这扇窗我追寻着我的色彩"；在他创作的一组反映西藏高原军营生活《冬储》、《编号爸爸》、《拴妻·背妻上下山》等散文里，我们不仅读出了他对高原战友的理解、敬佩，还触起他"对战争的记忆，唤起对和平的渴望、眷恋"，光柱用他无声的文学启迪读者思索，使之体验到更多的生命滋味。

　　在光柱这本散文集中，《一路走来》是一部很重要的作品，对光柱本人和渴望从这位英雄成长轨迹中吸收营养的读者而言，都很重要，值得品读。3万余字，充满着顽强的生命力和奋进的激情，这是他用文字凝聚力量播种希望，以散文的技法精心打磨的纪实散文。凝聚中有舒展，叙事中带着议说，情景交融，详略得当。我视它为大散文。当然不是因为篇幅长就称其为大散文，不。我一直认为大散文与长短关系不大，不是指形式，而是内容，丰满刻锐的思想容量。散文美就美在思想。光柱在散文中不仅记录了他数十年的人生之路，更重要的是写了他独特的生存方式和他的思想情操。他把智慧延伸到知识以外，在感情的褶皱里掘挖人物的命运之痛与精神之美，这种理智的感情就成了真情。

用3万字如果把光柱从在贫困的山区诞生、到1981年走进军营、再到1984年在老山前线负伤直至当下，密密匝匝地记录下来，那就不是散文的任务了。精选、善写，光柱做到了。读《一路走来》我们看到，精选首先要敢舍才能会选；善写应该是泼洒真情写才会写出感动。选以一当十的情节和细节，写出最能撞痛人"心穴"的那个亮点。光柱在写"文化大革命"中一家人的遭遇时，笔下闪出了亲情的光芒，人性的光芒。当时父亲被收押，母亲受审查，姐姐被逼逃离他村，哥哥罚到远村修水库。在一笔带过家人经受的这些苦难后，光柱将笔墨着重落在了父亲惨遭的苦刑上："他被人反解双手，揪着头发，面部前仰推入会场"；"父亲跪在碎瓦砾、碎玻璃碴儿上，前后烧着两堆熊熊大火，他的膝盖流着血、衣服被烧焦，身上多处起了水泡"；"父亲卷着裤腿、光着脚板和泥巴，他脸色苍白、眼窝深陷，扭断的胳膊上绑着夹板，用破布条挎在胸前，另一只手拿着泥铲，准备往墙上抹泥"……我们完全可以想象得出，这些非人的折磨给还未成年的光柱心灵上带来多大的伤害和摧残！

在军营，光柱舍去与众多战友相处中的故事，重点写了给自己成长留下终生难忘的刘朝顺这个人物。新兵训练时，刘还不是光柱的班长，但是，"我总能捕捉到他关注的目光"。他教光柱做引体向上，在单杠上练臂力。新兵训练结束后，光柱分配到了刘朝顺所在的"尖刀班"，他拿光柱"当尖子储备"，高标准严要求让他训练，让他参加全师大比武。在一次翻越高墙时，光柱因小小的失误影响了全班成绩，刘班长安慰他，帮他找失误的原因。之后，还决定让他参加师教导队班长培训。1984 年，已经当了排长的刘朝顺带领部队参加边境自卫反击战，光柱被指定为战中第一代理排长。攻战 57号高地的激烈战斗中，刘朝顺负重伤，他断断续续对光柱说："四班长，现在全排由你指挥，一定要打好！""班长，放心吧，只要我不死，一定带领全排完成任务！"此后，光柱带领全排继续攻战 57 号高地，敌人的机枪火力猛烈扫射，光柱负伤……

老山主峰使光柱的人生始料不及地跌入颠覆性的黑暗深渊，同时也是他人生开始走向另一条五彩缤纷光明世界的新的起点。在四次负伤中，他着重写了第四次负伤的经过和带来的灵魂之痛。20 岁的他可以说还没有真正享受阳光明媚的生活就从此告别光明，"今后陪伴我的将是茫茫的黑暗"。那一刻，那枚万恶不赦的炸中他喉咙、膝盖和肩膀的炸弹，瞬间他还不知道——确切地说是不愿知道——其实已经炸着了他的双眼，"我感觉左脸颊上面吊着个东西，一晃一晃的以为是炸起的树叶沾在上面，伸手往下一摘，感觉到痛了才明白，是左眼球炸出来了，右眼也被弹片击中，血肉模糊。"之后他就什么也不知道了。待醒来后就是长久的煎熬治疗，心甘情愿地风尘仆仆奔赴各地做报告，偶然的机会走进大学课堂，峰回路转跨入文学艺术门槛……这一切似乎是事先无法安排，又仿佛是必然的顺理成章的事。也许当初是被迫的行为，渐渐就变成一种军人的责任了！使命在肩就变成另一种人生之路的开始。今天太阳落山了，明天又会出太阳，"每天的太阳都是新的"；即使躺下了也不能弯腰，"俯下身来做桥梁，让众人踩着过"；"给厄运一拐棍，烧火棍也能劈出一条生路","光着脚丫也能踩出一条路来。"光柱真是好样的，他缺视力却不缺革命精神，用坚毅和情感正创造着一个内心明亮的世界。人生有时分不清彼岸或者此岸，因此不要给盲人讲彼岸此岸，他只知道左侧是门，右侧也是门，就连墙也是门。光柱失去双眼后，消磨了一般人宠爱的欲望，淡功名，淡利禄，难独不淡对生活的深情，不淡瞳中的光芒。他告诉我们人应该有三种眼光："我们要用历史的眼光看待过去，用发展的眼光看待现在，用科学的眼光看待未来。"光柱有了这三种眼光，他的世界永远是五彩光明！他还说过："我握着生命的犁铧，翻犁一沟接一沟漆黑的命运，能翻犁命运、播种未来是春天"；他认为自己超过 2800 场的演讲"这不仅是一个数据，更是献给听众的一块垫脚石、铺路砖"；多年来，光柱还力所能及地做了许多好事、善事，得到的赞扬当然是最多，却也有闲言碎语，他很坦然地说："要像我，到哪儿都不顾别人的脸色，该做什么做什么，别人脸色再难看，跟我无关，反正我眼睛看不到，只要不影响工作就行。"光柱在他的散文里给读者暴闪的这些光亮四射的思想，是一种力量，光明的力量，向上的力量，正能量的力量！

我用了"暴闪"二字，而不用诸如"闪射"、"闪耀"等惯见的老词。我真切地被光柱散文的思想震撼力所折服，受到真诚的感动。他在散文中传递的这些光明有力的思想，绝非一般作者可以所有。我能感觉到光柱认识生活有一种特殊的感悟能力。一个失去两眼的人，是看不见了，他把视力的那部分功能转化、浓缩到深邃的思考中。奇特的思想浓缩，特殊的生活——这是那场战争留给他的一块净土，他的作品正是从这里生根发芽，思想可以穿透一切！

评论

心田里流淌的文字欢歌

中国散文协会名誉会长　周　明

　　史光柱是我国为数不多的盲人作家之一。在他成为作家之前，他的英名早已风靡九州、如雷贯耳。他是我们作家队伍中唯一一位被中央军委授予"一级战斗英雄"荣誉称号的军旅作家，也是唯一一位获得过国家最高文学奖项之———鲁迅文学奖的盲人作家。

　　史光柱的文学创作起步于 20 世纪 80 年代中期，也就是他在老山前线双目失明后的第二年。一首饱含着对青春岁月、对灿烂人生、对火热军营、对甜美爱情向往和眷恋的诗歌——《我恋》炸响文坛，因而踏进了神圣的文学殿堂之门。随后的 20 多年时间里，史光柱文学创作一发不可收，先后有《我恋》、《眼睛》、《背对你投下黑色的河流》、《酸月亮、甜月亮》、《藏地魂天》等多部诗歌、散文选集问世，由他作词的十几首歌曲传唱大江南北。血与火、生与死的特殊经历与盲人特有的内心安宁与敏感是他的文学创作始终保持昂扬、崇高、热情、纯真的独有源头。他的作品受到来自不同方面的广泛的赞誉。近些年来，史光柱也获得了第三届鲁迅文学奖、深圳大鹏文学奖、国家新闻出版总署奋发文学进步奖、云南省第二届文艺文学类一等奖等奖项。

史光柱的文学创作大体上可以分为两个阶段，前期以丰沛的诗情去抒发自卫反击战的一名战士在血雨腥风中生与死的感悟，后期以平实散文去记录或春光明媚或冬日暖阳下静好岁月的影子。

史光柱是一个拥有诗歌情怀的英雄，又是一个饱含英雄情结的诗人。在硝烟弥漫、血肉横飞的南疆沙场上，史光柱以自己的七尺之躯完成了他顶天立地的血性男儿英雄形象的升华；在神圣文坛、诗歌国度史光柱又以他本真的性情流露完成了他诗人地位的奠基。史光柱的诗歌是用奔腾的无悔青春和流淌的男儿热血铸就的生命乐章；是枪林、是弹雨、是撕裂的伤口、是痛苦的呼唤、是冲锋的呐喊、是前进的号角、是黑色的死亡、是胜利的曙光、是浩荡的军魂、是如山的国威的形象再现。诗中写道："分不清谁化作灰尘/谁走进烈火中永生"，"在有形的疆场/无形的火坑/被按在命运的案板/刀砍斧剁/如同对手也落入/煎炸油烹的锅里/这是斗牛士、屠宰场/他们是屠夫/也是挨宰对象/我们是豺狼/也是羔羊/那个十七岁的小山东/在穿越生死线时哭了/但没有退却"；"我从昏厥中醒来/世界被一劈两半/一半是黄昏之前/一半是日落之后","我已陷进终身的黑夜/命运关闭我的双眼/我却用心去追寻光明/尽管我被/拆卸得七零八落"。这些铿锵的、质朴的、豪迈的、有时甚至是对于战争无奈的诗句不由得使人顿时产生建功立业的"建安风骨"与保家卫国的"边塞诗魂"的感觉。自古边疆多战事，壮士慷慨出玉关。战火硝烟锤炼了气贯长虹、不可磨灭的"边塞诗魂"。那些身经百战的戍边将士既是雄姿英发、冲锋陷阵的疆场英豪，又是以"金戈铁马，气吞万里如虎"的豪迈，形象化地演绎"上疆场彼此弯弓月"血雨腥风的战场的诗人。诗人史光柱何尝不是这样，作为自卫反击战的一级战斗英雄，他对共和国的贡献不仅仅在于他在身负重伤的情况下，带领全排战士英勇顽强夺取高地，完成作战任务，更在于他以铁血诗篇重新展现了战争的残酷与战士的顽强。史光柱厚重悲壮的诗作所张扬的英雄豪气、民族精神、保家卫国的赤胆忠心与建功立业的英雄情怀是他全部战争诗篇的精神内核，也是中华民族和中国军人所需要培养的浩然正气。尤其是当下面对周边某些国家践踏我国主权，虎视眈眈妄图侵占我国固有领土的紧急关头，我们需要献身精神，我们需要史光柱的战争诗篇所崇尚的英雄气概，我们需要像史光柱一样"一不怕苦，二不怕死"的战斗英雄。这或许也正是史光柱重新整理编纂他的战争诗篇的现实意义。

史光柱的战争诗篇传承了中华民族抵御外敌入侵时同仇敌忾的民族精神。和历史上那些将士诗人、英雄诗人诸如岑参、王昌龄、辛弃疾、岳飞、文天祥等所有仁人志士的英雄气概一脉相承殊途同归。重读史光柱以血肉之躯谱写的悲壮华章，感受战争的无情与残酷，作为过惯了静静流淌的日子的我们另有一番意义。当你徜徉在十里春风多情骀荡的晨光下，或者沐浴在落日余晖的无限璀璨里，你可能手捧一卷关于风花雪月、关于小桥流水的精美诗篇，你会觉得"神马都是浮云"。而史光柱和史光柱的战争诗篇让你振聋发聩，活着真好！我们只有敬畏生命，热爱生活，一江春水般静静流淌的日子才能其乐无穷。这或许就是史光柱铁血诗篇带给我们的另外一层柔软的含义——你活着，就是幸福！

走马观花当然读不出史光柱战争诗歌中的另一层意蕴，当我们打开心灵慢慢品读，你会发现史光柱的战争诗篇中那一束向往和平的虔诚目光，是那样清纯，那样柔美，那样平和。诗中写道："一旦天地撕破/还有没有针线/打牢补丁/还有没有女娲/奋力补天……因为战争撕裂的不止树木、不止空气，埋葬的不止草屑、不止全家福。""只有和平/才是民族最深沉的大爱/最慷慨的大义/才是军人最高的荣誉/最大的奖章。"这是经历了战火锤炼的一位钢铁战士，一位一级英模向全人类发出的世界和平的呼唤，人间大爱的呼唤。让和平鸽在蓝天白云下自由飞翔，让橄榄枝修长的臂膀拥抱全世界爱好和平的兄弟姐妹。一个普通战士，一位虽然在战争中走进了无边无沿的黑暗、但心灵中注入了无穷无尽光明的战斗英雄，以浓浓的诗情道出全体中国人民的共同心声。读过这些诗篇的外国友人，在得知作者在战争中失去了双眼后，无不为英雄诗人史光柱热爱和平的至高境界赞叹不绝。

继史光柱诗坛成名之后，他的散文创作也风生水起。《藏地魂天》荣获当年散文特等奖，在全国读者中引起强烈反响。就拿上个月他寄给我的这部书稿来看，史光柱是一位用心灵阅读生活的作家。难能可贵的是，他虽然失去了用明亮的双眼洞察生活的功能，但他身体的触碰，双耳的聆听，鼻息和味蕾的感知始终与心灵相通。因此也就有了这本书稿里的《听江》、《春天，我的春天》等耐人寻味的佳作。在《听江》里作者写道："在《江河水》、《大江东去》、《江南好》等音乐浪潮里尽情地游，任意发挥。柳树、芦苇、小船、江轮、峡谷、蓝天以及拉纤的号子，被旋律扯来占住我的想象，音乐的波涛洗涤头脑，冲刷落有灰尘的心灵。我热烈地倾听，独自坐着或卧在床上。"这是一个盲人打开心扉聆听关于江河的音乐时对大江大河的感知，这是在无边的黑暗里架构起的一幅色彩斑斓的江河长卷。想象的翅膀在无垠蓝天自由飞翔，那葱茏翁郁的江岸芦苇，那婀娜多姿的护堤柳林，那拔地而起的万丈峡谷，那乘风破浪的钢铁巨轮，江风呼啸，江涛拍岸，一切美景，飞来心间。可以这样说，我们一定会比盲人有一百倍的纷繁世界，熙熙攘攘、来去匆匆、目不暇接，但我们不一定会比用心灵阅读世界的盲人有更丰富多彩、气象万千的感知。

史光柱热爱生活，热爱平凡而富于诗情画意的每一个春夏秋冬。他在《春天，我的春天》里写道："狗尾巴草穿花衣服是春天；蒲公英凑趣、闪出身、向路人微笑是春天；野羚羊、野兔毛发闪亮，有劲头做爱是春天；老地疤长新肉、添新喜是春天。"在万象更新的春天里，作者结识了最淘气的伙伴——春风，欣赏了最细的腰肢——链子草，听到了最清脆的声音——溪流。这仿佛是一幅乡野山村春景素描，草木葳蕤，溪流叮咚，一派欣欣向荣的盎然春意。这应该是作者少儿时期对家乡春天的美好记忆，二十个红红绿绿色彩斑斓的春天，二十个明亮透彻一望无际的春天永远一去不复返。作者说："我最后一个用眼睛看到的春天是被疯狂的绞肉机绞碎的，春天淌着血，连同那天的太阳一起绞断。留下一条根，深埋在岁月。"虽然走进了无边无际的黑暗，然而富有诗人情怀和英雄情结的史光柱心田里永远是蓝天丽日，春光融融。那一条掩埋在岁月深处的"春天的根"仍然焕发着勃勃的生机，他要顽强地生长下去，扎向大地母亲的怀抱，汲取更多的养分，冲破浓密的黑暗，长成参天大树。这条"春天的根"扎在了史光柱温暖而丰腴的心田，所以"我握着生命的犁铧，翻犁一沟接一沟漆黑的命运"，等待春风化雨"播种未来是春天"。在这篇散文中，作者以诗意的语言深情地梳理过往，呼唤春天。

与史光柱成熟的诗歌相比，他的散文还有很大的提升空间，譬如书稿里的《一路走来》、《深处的跳舞草》，布局谋篇上还有些松散甚或拖沓。但是我们不能苛求于一位盲人作家在阅读量上的无限丰富与观察生活上的无比细腻。有道是"塞翁失马，焉知非福"，只要你继续坚持用心灵梳理那曾经的五光十色或者战场上的烽火硝烟，用心灵感知今天的幸福时光，你一定会有更加令我们震撼的战争诗歌或者散文，为中国当代文学增添一道亮丽的风景。

2014 年元月

后记

仰望天空

　　对我而言，每一部作品的诞生，都如孕育一个新的生命。我在文字的世界中巡游记忆的长河，在每一天红尘喧嚣的声浪里拣拾心灵的悸动。当这些最终变成散文的神韵与诗歌的宣泄后，我会有一种舒适与放松，如同那些文字是一束生命的阳光照进我黑暗的瞳孔。我有时会沏一杯茶或点一支烟，在难得一刻的安静里回想这段孕育生命的历程，那些我无论如何不能忘记的事和人，比如对我这本书问世起了重要作用的人物。

　　我生活中的这位朋友朴实无华、极为普通，他坦坦荡荡做人、明明白白做事，即便在同行中，也看不出他有特别之处。如有不同，那也是他在任何一个地方，常抬起头来遥望天空。世界就这样，有依靠土地的芸芸众生就有仰望天空的人，那里有他的亲朋、他的同事，有他茫然中的思考，也有他从容中的决断。

他——赵玉华，山东莱州人，1956 年出生，当过兵，性格里有着超声波，定位于扫雷艇、驱逐舰这些成分，也有老黄牛、铺路石、敲门砖那些品性。转业后他下地方工作，在北京中关村科技园遇上了今生最大的痴情——实创。从相识、相知到青春怒放，他一头扎进实创怀里，二十多年过去，青春壮美变成风采依旧，他还在一往情深。拉起手天长地永久，拉起手贫穷变富有，拉起手江河拽溪流，拉起手风风雨雨逐前路，红红火火到白头。我这样说可能你会以为，他遇上某位寒冬红颜，其实不然，这不是男女私情，如果是，那也是股份制情人，全名北京实创科技园开发建设股份有限公司。

这个大众情人可了不得，2013 年，整合重组海淀区国资中心控股，开发中关村翠湖科技园、新永丰建设集团。以创新产业驱动城市繁荣，以城市完善的配套服务推动科技进一步创新发展，着重打造新兴产业技术创新中心区、专精特新产业创新集群区、产城融合发展智慧新区和城乡统筹发展示范区，总开发面积达 30 平方公里。重点产业有网络通信、能源环保、电子信息、新材料及科技金融等。重点项目举不胜举，我所知的便有中关村壹号、国际商务区、环保园公租房、人大附中爱文国际学校、北部文化中心。企业形成集聚效应，所属中关村翠湖科技园、永丰产业基地签约入驻的单位 409 家，其中不乏明星企业，如华为、北斗星通、大唐电信、安泰科技等。

交通便不便利不用担心，首都这个地方，主干道、辅干道四通八达。风景是否秀美你自我解答，身临其境，你会浮想联翩、雄心勃勃。撇开南城，我们甩开立交，驱车沿着八达岭高速前行。海淀北部风光旖旎多姿，大西山蜿蜒西卧，南沙河、北沙河、京密引水渠穿越其间。这里上风上水绿色自然，科技、生态、人文在此水乳交融。入学有名校，生活有永丰美食广场、温泉体育中心、超市等配套设施。

赵玉华刚工作那阵子，没有这番欣欣向荣的景象，那时，实创还是各股东的实干，分别在进取的路上。赵玉华在原来的公司做他和别人的铺路石、敲门砖，但大西山在，穿越南北沙河的引水渠在，只是不那么繁华，不像有了实创这个股份制情人后婀娜多姿。说股份制情人你别误解，这是别人的新股份、老股份，赵玉华不是股东，他只是一个实创人，说白了，是股份制企业的高层管理人员。我现在要说的不是实创的规模宏大，而是赵玉华的开拓创新；创业史也不用说了，改革开放，快速积累财富的今天，创业人物比比皆是。说说他的开发谋略、经营管理，这方面也不用再说，他身边人才辈出、星光灿烂，点出哪一个都才华横溢。还是说说他眺望星空的事吧，那里有他的思路，有他的胸襟，他仰望星空，那是在浩渺无边的天地，追寻他的过去，拓展他的未来。我遥望天空，是遥望我的距离，给每片云、每颗星斗赋予某个童话、某段传奇。

说到天空，免不了说起环境，过去我没受伤，看着深不可测的宇宙，只觉好奇、神秘，没做过多的联想。而现在，真到了眼睛看不到时，才觉那么依恋，甚至对周围的空气水分分布、空间格局都十分敏感。

传统意义上的环境理念，源于天人合一、注重修身养性，很环保。这就引出生存生态和心灵生态截然不同的体系。现在的人们重视处境，注重开发和利用，表面看差距不大，其实差距千里。拿企业为例，面对社会，是注重精神需求还是经济效益，赵玉华在市场滚爬多年明白辩证统一的道理。刚开始，我们在战友聚会时泛泛而谈，交流多了，我对实创人有了进一步认识。

凝心聚力，建设具有全球影响力的科技创新中心是实创人的吸铁石、夜光镜。多年来，他们始终坚持科技创新引领，高端产业聚集，绿色生态示范，人文交互共生的理念。走进办公区大门，"忠 恕 悟 勤 俭"几个字赫然在列，听说这是五字箴言，我停下脚步，让身边人解释。尽管我这是第一次应邀而来，向全体员工做英模事迹报告，但几个字的内涵吸引着我，这不正是传统美德跟时代精神结出的现代品质？想不到在这里，一个高端产业聚集区，几个字焕发如此能量，有着强烈的忧患意识和使命感。

二次走进实创，赵书记还兼任着董事长，这次演讲我在奉献担当、敬业爱业的基础上，增加了兵法与企业管理内容。赵书记甚是高兴，饭桌上我问他，听说你在工作之余，游玩之中，常静气凝神看日出、观天象。他豁达地笑着，他不懂占卜术，不是观天象，而是热爱自然。通过天地万物，梳理思路、联络感情，时间一长养成习惯，有机会便看看天空，心灵得到净化，情绪得到舒缓。他看天空是为缓解压力、清理思路。他不是政治家、军事家，不会涉及政治、军事相关的内容。我也不是科学家、美学家，每当想起浩瀚的天际，就有一种无言的感动，似乎那里有我的相通、传神。

去年，母校深圳大学三十周年庆典，同学见面，重返青春年少。

我原想买包花生伴着熟食坐在校园的石凳上重温旧梦，不料，天空布满阴云，加上空气污染，视觉达不到观天的效果。一个同学感慨，校园看花赏湖可以，要观天望月得找机会，否则，自讨没趣。

几个同学意犹未尽回到宾馆，兴致勃勃、神吹乱侃，侃来侃去侃到我的诗歌、散文，一个神吹先将我的作品捧到天上，接着打进地狱。他声情并茂，说我从诗到散文再到词曲，虽丰富了文艺表现形式，拓宽了创作的自由空间，但有喜新厌旧、见异思迁之嫌。原以为我看破红尘半路出家，不承想，我另觅新欢、卖主求荣，这种欺师卖祖的恶劣行径不加制止，肯定会走向离经叛道、灭门抛尸的不归路。张玉强是我的校友，同校不同系，刚开始听同学议论我的作品，他还饶有兴趣，听到后来，见神吹们尽说些他听不懂的话，沉默许久问道，灭门抛尸是什么意思？同学解释，中文系毕业的，以写文章立门户，如果不写等于自毁门面；"尸"借"诗"的谐音，连起来是灭文抛诗的意思。他若有所思，问我此话当真。没等我解释完，神吹们侃起我的词曲，几砍刀下来，我的歌曲创作，成了赞歌多、悲歌少。这样下去不得了，重大义轻小爱，拿着轻狂当能耐的窘境，最后说我雄性激素太多，连爱情歌都不会写，好不容易写了一只红豆，这豆还是公的，专跟雌豆作对，相思红豆分公母，从未听人说过，同学们哄堂大笑。

今年我回老家云南采风，原想写几只有关少年儿童辍学或者留守的歌曲，不料，灵感还没调集，母亲病故，丧事办完，两三个月调动不起创作欲望。正想到乡间去寻找些崇山峻岭的力量，丈母娘又去世，写作的状态全被打飞。一年先后失去两个老人，伤情随风缭绕，我只有一边用心代替眼睛，仰望蓝天、遥望苍穹，一边百无聊赖地将发表和没发表的诗文拿出来整理。在整理诗歌、散文的过程中，得到了实创和华夏出版社的强力支持，得到了赵玉华、张玉强、高丽建、胡廷弘等友人的推动和帮助。没有他们的支持，这本专辑可能还要放些时日才会出版，至少不会这么快跟大家见面，衷心感谢一路关注我的老师和读者朋友。

2015 年于昆明